Viver bem é a
melhor vingança

CALVIN TOMKINS

Viver bem é a melhor vingança

TRADUÇÃO
Beatriz Horta

3ª edição
1ª reimpressão

autêntica **MoMA**

Copyright © 1962, 1971, 1998, 2013 por Calvin Tomkins
Copyright da tradução © 2018 Autêntica Editora
Publicado mediante acordo com The Museum of Modern Art, New York.

Título original: *Living Well is The Best Revenge*

Todos os direitos reservados pela Autêntica Editora. Nenhuma parte desta publicação poderá ser reproduzida, seja por meios mecânicos, eletrônicos, seja via cópia xerográfica, sem a autorização prévia da Editora.

EDITORA RESPONSÁVEL *Maria Amélia Mello*	REVISÃO *Miriam de Carvalho Abões*
EDITORA ASSISTENTE *Cecília Martins*	CAPA *Diogo Droschi*
ASSISTENTE EDITORIAL *Rafaela Lamas*	DIAGRAMAÇÃO *Waldênia Alvarenga*
REVISÃO DE TRADUÇÃO *Rodrigo Seabra*	

**Dados Internacionais de Catalogação na Publicação (CIP)
(Câmara Brasileira do Livro, SP, Brasil)**

Tomkins, Calvin, 1925-
  Viver bem é a melhor vingança / Calvin Tomkins ; tradução Beatriz Horta. – 3. ed.; 1. reimp. – Belo Horizonte : Autêntica Editora, 2018.

  Título original: Living Well is The Best Revenge

  ISBN 978-85-513-0010-7

  1. Murphy, Gerald, 1888-1964 2. Murphy, Sara, 1883-1975 3. Pintores - Cônjuges - Estados Unidos - Biografia 4. Pintores - Estados Unidos - Biografia 5. Pintores expatriados - França - Biografia I. Título.

17-04366   CDD-759.13

Índices para catálogo sistemático:
1. Estados Unidos : Pintores : Biografia 759.13

Rio de Janeiro
Rua Debret, 23, sala 401
Centro . 20030-080
Rio de Janeiro . RJ
Tel.: (55 21) 3179 1975

Belo Horizonte
Rua Carlos Turner, 420
Silveira . 31140-520
Belo Horizonte . MG
Tel.: (55 31) 3465 4500

São Paulo
Av. Paulista, 2.073,
Conjunto Nacional, Horsa I
23º andar . Conj. 2310-2312 .
Cerqueira César . 01311-940
São Paulo . SP
Tel.: (55 11) 3034 4468

www.grupoautentica.com.br

A melhor vingança
Sérgio Augusto
7

Prefácio
11

Duas famílias
17

Paris
41

Antibes
65

Em casa
93

Quinze quadros
107

A melhor vingança

Sérgio Augusto

Viver bem é a melhor vingança. Vingança contra os invejosos, as adversidades e a mortalidade compulsória. Mas o que significa viver bem? Se dinheiro não é tudo, viver bem talvez seja lograrmos ser felizes do jeito que somos, com o que temos, com o que fazemos e com quem nos relacionamos.

Já vi esse provérbio atribuído à sabedoria popular espanhola e, com mais insistência, a George Herbert, poeta galês do século XVII. O veterano crítico e cronista de arte Calvin Tomkins o credita aos espanhóis num livro justamente intitulado *Living Well is the Best Revenge*, encantador perfil de um casal (Gerald–Sara Murphy) com vocação para a felicidade e muita grana. Publicado de forma resumida na revista *The New Yorker,* em 1962, e ampliado em livro nove anos depois, o perfil foi logo lançado entre nós.

Com apenas uma centena de páginas, acrescidas de fotos, teve ótima receptividade, mas fazia tempo que só em sebos podia ser encontrado, ao contrário da edição original, ainda à venda, e desde 2013 em novo formato, bancado pelo MoMA, com novas ilustrações e outra introdução de Tomkins, historiando sua gênese. Na capa, um quadro (*Vespa e pera*) que Gerald pintou em 1929.

Tomkins escreveu a mais enxuta e gratificante crônica sobre a Paris da Geração Perdida e seu mais glamoroso casal de expatriados, leitura complementar perfeita para *A Moveable Feast* (Paris é uma festa), de Ernest Hemingway, ainda a principal obra de referência do período.

Gerald (1888-1964) e Sara (1883-1975) chegaram à França na mesma época em que uma leva de escritores americanos recém-saídos da Primeira Guerra Mundial (Hemingway, John Dos Passos), atraída acima de tudo pelo câmbio favorável, estabeleceu-se às margens do Sena. Ao contrário de seus futuros amigos, comensais e, até mesmo, protegidos, os Murphys eram ricos, pertenciam à aristocracia da Costa Leste, mas desprezavam sua esfera social, gente afetada e desinteressante, que não toleravam e mantinham à distância. Tinham genuína paixão pelas artes em geral, viviam cercados de pintores, músicos, intelectuais e escritores; aproveitaram, animaram e patrocinaram a efervescência cultural parisiense até o final da década de 1920, quando os primeiros efeitos do *crack* da Bolsa de Nova York e a tuberculose do filho caçula os forçaram a voltar para a América.

Seus apartamentos em Paris e a vila que remodelaram perto de Cabo de Antibes, na Riviera, abrigavam saraus permanentes cuja lista de *habitués* (Cole Porter, Hemingway, Fitzgerald & Zelda, Picasso, Fernand Léger, Gertrude Stein, Darius Milhaud, Cocteau, Diaghilev, Tristan Tzara, Blaise Cendrars, Erik Satie, até Rodolfo Valentino) mataria de inveja qualquer cerimonial da nobreza europeia. Raros casais tiveram uma vida tão plena de prazeres e criatividade. Fitzgerald, seu hóspede mais assíduo e, pelo descrito, também o mais desagradável, inspirou-se em Gerald e Sara para compor os protagonistas Dick e Nicole Diver, de *Suave é a noite*, escrito parcialmente e a duras penas num *pied-à-terre* dos Murphy na Rue de Vaugirard, ao lado do Jardim de Luxemburgo.

Gerald não gostou do romance. Nem por isso brigou com o autor. Sua paciência com os desvarios de Fitzgerald desconhecia limites.

Gerald pintava. Desenhou cenários para Stravinsky, para os bailados do russo Diaghilev e para o primeiro musical de Cole Porter, seu ex-colega universitário em Yale. Sua extática descoberta de Braque, Picasso, Gris e outros precursores do modernismo, no outono de 1921 ("Se isto é pintura, é isto o que eu quero fazer", comentou com Sara defronte a galeria Rosenberg, na Rue La Boétie), é descrita no livro de Fitzgerald. Pintou quinze quadros entre 1922 e 1929, dos quais apenas sete sobreviveram. São obras de grande porte, semiabstratas, próximas do factualismo irônico da *pop art*, explorando objetos corriqueiros (tampas de caixa de charuto, lâminas de barbear, etc.), "a única resposta realmente americana à nova pintura francesa do pós-guerra", na avaliação de Léger.

Sara sobretudo encantava. Enfeitiçou Picasso, que a retratou mais de uma vez. Charmosa mas sem afetação, ia à praia com colares de pérolas sobre os ombros, com a desculpa de que lhes fazia bem pegar um solzinho. Qualquer semelhança com a passagem de *Suave é a noite* em que Nicole Diver aparece sentada na areia, "com as costas morenas descendo das pérolas", não é mera coincidência. De todo modo, nem Nicole deve ser confundida com Sara, nem Gerald com Dick. A partir de determinado ponto do romance, Dick e Nicole mais se assemelham a Fitzgerald e Zelda.

Em outubro de 1929, Fitzgerald e Zelda trocam Antibes por Paris. É o início da derrocada. Zelda cada vez mais esquizofrênica, seu marido cada vez mais parecido com o autoindulgente Dick Diver. Desesperados com a doença de Patrick, o filho caçula, Gerald e Sara o levam para um sanatório nos Alpes suíços, e perto dali alugam um chalé, que ampliam e redecoram para receber bem os amigos de sempre. Dorothy Parker lá se hospeda por seis meses. Para agradar ainda mais os convivas, Gerald compra um barzinho abandonado e o transforma num salão de danças, animado nas noites de sexta e sábado por uma bandinha importada de Munique.

Em breve os Murphys voltariam para Nova York. O segundo filho do casal, Baoth, morreria de meningite em 1935. Dois anos depois, Patrick sucumbiria à tuberculose. Gerald perdeu o gosto pela pintura, mas não pela vida, que ele e Sara continuaram levando às margens de outro rio, o Hudson, com a elegância de sempre. Tornaram-se personagens de uma famosa peça de Archibald MacLeish, *J.B.*, e, em 2007, as figuras centrais de outra: *Villa America*, de Crispin Whitell. Mais dois livros biográficos – *Sara & Gerald: Villa America and After*, de Honoria Murphy Donnelly (única filha dos Murphy) e Richard N. Billings, e *Everybody Was So Young*, de Amanda Vaill – ajudaram a perpetuar o mítico *savoir vivre* do casal.

Gerald morreu em outubro de 1964, em East Hampton, dois dias depois do funeral de Cole Porter; e Sara, onze anos mais tarde.

Prefácio

Calvin Tomkins

Na escrita, como em outras atividades, ter sorte ajuda. Conhecer Gerald e Sara Murphy foi uma grande sorte para mim, tanto pessoal quanto profissionalmente, e devo isso às minhas duas jovens filhas. Tínhamos acabado de nos mudar de Nova York para Snedens Landing, na margem oeste do rio Hudson, vinte quilômetros ao norte da ponte George Washington. Numa tarde de primavera, Anne e Susan, então com cinco e três anos, se aventuraram pela propriedade vizinha e encontraram Gerald aparando suas roseiras; quando minha esposa e eu as alcançamos, uma conversa havia florescido, e Sara, vindo do interior da casa, tomava nota dos pedidos de refrigerante. Os Murphys já tinham passado dos sessenta, mas o entusiasmo e o vigor da atenção que dispensavam – entretidos, concentrados e alegres – pareciam quase um milagre aos meus olhos na época, e ainda parecem. Lembro-me de pensar em como seria prazeroso conhecer aquelas pessoas.

Naquele tempo, os Murphys não falavam do passado, e por isso levou um tempo até que eu percebesse que eles eram as pessoas que Scott Fitzgerald usara como modelos para Dick e Nicole Diver em *Suave é a noite*.

Aquele livro tinha causado um impacto extraordinário em mim alguns anos antes, quando o encontrei por acaso numa casa alugada em Santa Fé, no Novo México; ele tinha me arrebatado e me perturbado mais do que qualquer outro livro que eu lera até então, e eu continuava assombrado pela lembrança do "virtuosismo na lida com as pessoas" do Dr. Diver e de sua gradual autodestruição. ("Querendo, acima de tudo, ser bom e corajoso, desejava mais ainda ser amado.") A história dos Murphys era bem diferente do romance que Fitzgerald criara, mas, à medida que os fui conhecendo melhor, senti que havia uma notável sintonia entre o livro e a vida deles, e não pude deixar de perguntar sobre os anos que Gerald e Sara haviam passado na França, na década de 1920. Um pouco relutantes a princípio mas cada vez menos ao passar do tempo, acabaram aceitando reabrir aquele capítulo de suas vidas, fechado havia tanto tempo. Gerald era um contador de histórias nato, com o dom irlandês para o fraseado e a cadência. Eu ficava insistindo para que ele escrevesse suas memórias, mas ele caçoava da sugestão – dizia que tinha respeito demais pela arte da escrita para se arriscar a fazer algo que só poderia ser medíocre.

Quando propus que eu mesmo escrevesse sua história, sob o formato de um perfil para a revista *The New Yorker*, Sara teve lá suas dúvidas, mas ambos perceberam que poderia ser uma boa oportunidade para mim. Eu tinha acabado de sair da *Newsweek* para ir para a *New Yorker*, e os Murphys, que àquela altura já eram como meus tutores, tinham desenvolvido um interesse pessoal pela minha carreira. Concordaram em fazer uma experiência. Duas ou três vezes por semana, eu levava um pesado gravador de rolo para a sala da casa deles e o deixava ligado por uma hora ou mais, enquanto Gerald e Sara falavam numa espécie de contraponto musical, a voz de tenor de Gerald no comando, mas sem jamais encobrir o contralto de Sara, ambos acompanhados pelos roncos em *sostenuto* de seus pugs, Edward e Wookie, que dormiam no sofá branco durante todo o relato. Quando os Murphys foram para East Hampton passar o verão, Gerald me escreveu. "*Sinto* que há algo que precisa ser escrito", disse em uma carta. "E *sei* que você pode fazê-lo... (Nossa vida foi estimulante, original e um tanto fantasiosa, é o que sinto.)" Aqueles tempos passados muitos anos antes em Paris e na Riviera francesa tinham sido uma construção conjunta, como ele costumava dizer, tendo seu casamento como peça central – um casamento que ele descreveu para mim como "uma estranha alquimia que nada tinha a ver com a noção de um casamento feliz propriamente dito". Apesar do incentivo de Gerald, eu não tinha muita certeza se conseguiria escrever sobre eles. Sua história às vezes parecia pessoal demais e triste demais. Sara jamais mencionou a morte dos dois filhos, e Gerald conseguia fazer apenas alusões superficiais a eles.

O perfil foi publicado na edição de 28 de julho de 1962 da *New Yorker*. Gerald e Sara pareceram satisfeitos com ele (ou talvez apenas aliviados por aquele assunto estar finalmente encerrado), e nossa amizade perdurou.

Quando o livro saiu, em 1974, com acréscimo de texto e fotos, Gerald tinha morrido havia dez anos e Sara, que viria a falecer em 1975, já não tinha mais consciência do mundo à sua volta. Para esta nova edição, fiz pequenas correções no texto e revisei o último capítulo a fim de acrescentar informações que vieram à luz após 1974, relativas à carreira de Gerald Murphy como importante artista modernista. O reconhecimento em grande parte póstumo do valor de seus quadros é um dos muitos elementos que fazem a história de Gerald e Sara parecer, a mim, mais interessante do que os mitos que Scott Fitzgerald e outros criaram a respeito deles.

1998

Viver bem é a melhor vingança

Duas famílias

A família foi de navio para a Europa na primavera de 1921, com os passaportes carimbados como "residentes permanentes". Instalaram-se em Paris e passaram o verão de 1922 em Houlgate, no litoral da Normandia. O tempo estava frio e úmido. Eles ainda não tinham descoberto a Riviera no verão.

*Ainda que tenha acontecido na França,
tudo foi, de algum modo, uma experiência americana.*
– Gerald Murphy

Um escritor como F. Scott Fitzgerald, cuja vida sempre atraiu mais atenção do que a obra, pode ter de esperar muito tempo até que sua reputação literária conquiste seu lugar de direito. A natureza lendária da saga de Fitzgerald ainda deslumbra e perturba; vasculhamos os romances atrás de pistas da vida ilustre que se tornou, por causa das diversas histórias e versões, uma espécie de drama moral dos anos 1920, uma tragédia sobre talento desperdiçado. O romance no qual Fitzgerald tentou tratar de forma mais direta da própria tragédia, *Suave é a noite*, vem assumindo com o tempo certo *status* de clássico americano. O livro, tido em geral como um fracasso quando foi lançado (até mesmo por Fitzgerald, que tentou melhorá-lo elaborando uma versão revista que, quase todos concordam, saiu pior que a original) e que estava esgotado em 1940, ano da morte do autor, tornou-se hoje leitura obrigatória em qualquer curso de literatura moderna. Mesmo que muitos críticos ainda o considerem um fracasso, hoje tendem a vê-lo como um nobre fracasso, uma obra-prima com defeitos; e, se ainda reclamam que a decadência de Dick Diver, o herói psiquiatra do livro, nunca é resolvida de maneira satisfatória, a maioria admite que Diver é um daqueles raros heróis da ficção americana com o qual o leitor se importa profundamente, e que o relato de sua decadência, por mais dúbio que seja, é tão angustiante que faz com que tramas tão claramente impecáveis quanto a de um romance como *O grande Gatsby* pareçam, em comparação, precisas demais.

O verdadeiro problema do livro, como qualquer estudante de literatura americana sabe, é que Fitzgerald começou usando um amigo seu, chamado Gerald Murphy, como inspiração para Dick Diver e então, no meio da narrativa, deixou o personagem se transformar no próprio F. Scott Fitzgerald. Em menor grau, fez o mesmo com a heroína, Nicole Diver, que tem algumas características físicas e maneirismos de Sara Murphy, esposa de Gerald, mas que é, em quase todos os outros aspectos, Zelda Fitzgerald. Na época, essa dupla metamorfose ficou logo evidente para os amigos dos Fitzgeralds e dos Murphys. Ernest Hemingway escreveu uma carta incisiva para Fitzgerald, acusando-o de trapacear com seu texto. Hemingway argumentou que, ao começar com os Murphys e em seguida transformá-los em outras pessoas, Fitzgerald não tinha criado pessoas de verdade, mas sim casos clínicos forjados com esmero. Gerald Murphy levantou a mesma questão quando leu o romance, e a resposta de Fitzgerald quase o estarreceu. "O livro", disse o autor, "foi inspirado em Sara e em você, e também em como percebo ambos e a maneira como vivem; e a parte final retrata Zelda e a mim, pois você e Sara são as mesmas pessoas que nós". Essa surpreendente declaração confirmou uma antiga convicção de Sara Murphy: que Fitzgerald entendia muito pouco de pessoas e não sabia absolutamente nada a respeito dos Murphys.

Quando *Suave é a noite* foi lançado, em 1934, depois de diversos adiamentos, a vida daqueles quatro amigos já não guardava muita semelhança com a de suas contrapartes ficcionais. Os Murphys tinham ido embora da Europa, onde moravam quando Fitzgerald os conheceu. Gerald Murphy passaria os 22 anos seguintes exercendo o antigo cargo de seu pai como presidente da Mark Cross, loja de produtos de couro em Nova York, posição que assumiu apenas por necessidade e da qual se aposentou, com alívio, em 1956. Os Murphys não apreciaram a leitura do romance que Fitzgerald tinha dedicado "A Gerald e Sara – Muitas alegrias". Sara, que ficara bastante ofendida com o texto, disse certa vez que rejeitava categoricamente "qualquer semelhança conosco ou com qualquer pessoa que algum dia conhecemos". Gerald admirava a qualidade da escrita e a densidade emocional de alguns trechos, mas o livro como um todo não lhe parecia bem-sucedido. Anos mais tarde, ao relê-lo, ficou encantado ao descobrir (não tinha percebido na primeira vez) quantos detalhes Fitzgerald tinha pinçado das vidas dos dois casais nos anos em que conviveram em

Paris e na Riviera – de 1924 a 1929. Quase todos os incidentes, ele percebeu, e quase todas as conversas da primeira parte do livro tinham como base algum evento real ou diálogo envolvendo os Murphys, embora os detalhes tivessem sido muitas vezes alterados ou distorcidos.

"Quando homens me agradam", Fitzgerald certa vez escreveu, "quero ser como eles, quero deixar de lado as características aparentes que me conferem individualidade e ser como eles". Fitzgerald queria ser Gerald Murphy porque o admirava mais do que qualquer outro homem que conhecera e porque ficava completamente fascinado e, algumas vezes, desconcertado com a vida que os Murphys tinham inventado para si mesmos e seus amigos. Era uma vida de muita originalidade e considerável beleza, e parte de seu encanto transparece nas primeiras cem páginas de *Suave é a noite*. Aos olhos da jovem atriz Rosemary Hoyt, os Divers representavam "o auge da evolução de uma classe, de tal forma que a maioria das pessoas parecia desajeitada perto deles". O "extraordinário virtuosismo de Dick Diver na lida com as pessoas", a "requintada deferência", a "polidez tão ágil e intuitiva que só podia ser percebida pelo efeito que causava" – todas essas eram qualidades de Gerald Murphy, e havia muito em comum entre o efeito que os Divers produziam sobre seus amigos e o que os Murphys causavam nos deles. "As pessoas eram sempre as melhores versões de si mesmas quando perto dos Murphys", disse sobre eles o amigo de longa data

John Dos Passos. Outro amigo íntimo de muitos anos, Archibald MacLeish, comentou que, desde o início da vida dos Murphys na Europa, "uma após a outra – ingleses, franceses, americanos –, todas as pessoas que os conheceram saíram com a impressão de que aqueles dois eram verdadeiros mestres na arte de viver".

Fitzgerald percebeu isso, e também algo mais. Com seu grande talento para captar o espírito social e a tessitura de sua época, ele tinha a tendência de buscar a verdadeira essência de uma era em função de determinados indivíduos que nela viviam – heróis particulares, como o "romântico" jogador de futebol de Princeton "Buzz" Law, ou o audacioso produtor de Hollywood Irving Thalberg. "Há momentos", escreveu em suas anotações para *O último magnata,* "em que um homem se apropria de todo o significado de uma época ou um lugar". Para Fitzgerald, os Murphys personificavam o significado daquela notável década na França, durante a qual, como escreveu certa vez, "tudo o que acontecia parecia ter alguma ligação com a arte". Embora ele próprio não se interessasse muito pela arte da época e a tenha ignorado quase que por completo em *Suave é a noite*, Fitzgerald certamente correspondeu à atmosfera de novidade e descoberta que caracterizou o período.

Quando os Fitzgeralds chegaram à França, na primavera de 1924, os Murphys já estavam lá havia três anos e tinham se tornado, segundo MacLeish, "uma espécie de eixo de tudo o que acontecia". Nos diversos apartamentos e casas que alugaram em Paris ou nos arredores, e na *villa* que estavam reformando em Cabo de Antibes, na Riviera, podiam-se encontrar não só escritores americanos como Hemingway e MacLeish e Dos Passos, mas também uma boa porção de franceses e outros europeus que estavam construindo a arte do século XX: Picasso, que tinha um ateliê perto deles em Paris e que foi visitá-los em Antibes; Fernand Léger, que gostava de levá-los em passeios noturnos pelos insalubres cafés, bares, salões de dança e *foires foraines* [feiras itinerantes da época] de Paris; Stravinsky, que aparecia para jantar e invariavelmente elogiava o sabor do pão, que Sara salpicava com água e levava ao forno antes de servir. "Os Murphys estavam entre os primeiros americanos que conheci", disse Stravinsky, "e me deram a melhor impressão possível dos Estados Unidos". O casal veio a conhecer a maior parte de seus amigos europeus por meio da Ballets Russes, companhia de Serguei Diaghilev, para a qual ambos prestaram serviços voluntários como aprendizes não remunerados logo que chegaram a Paris em 1921, quando souberam do incêndio que tinha destruído quase todo o cenário da companhia. Os Murphys, que vinham estudando pintura com Natalia Goncharova, uma das estilistas de Diaghilev, foram ao ateliê da companhia no bairro de Belleville para repintar os cenários de *Scheherazade*, *Pulcinella* e outros balés, com base nas maquetes originais, usando pincéis macios e compridos como vassouras para aplicar as cores e subindo em escadas de nove metros de altura para ter a perspectiva adequada. Picasso, Braque, Derain, Bakst e outros artistas de Diaghilev iam sempre supervisionar o trabalho e tecer comentários. "Além de ser o ponto de convergência de todo o movimento artístico modernista", disse Murphy, "o balé de Diaghilev era uma espécie de movimento em si mesmo. Qualquer pessoa que se interessasse pela companhia se tornava automaticamente um membro. Conhecia-se todo mundo, todos os bailarinos, e todos queriam saber a sua opinião". Os Murphys assistiam aos ensaios, iam às estreias e eram convidados para as espetaculares *soirées* na casa da grande patrocinadora do balé, a Princesa de Polignac (nascida Winnaretta Singer e herdeira da fortuna das máquinas de costura Singer, ela era uma americana formidável que tinha a fama de ter o perfil parecido com o de Dante e cuja ambição, de acordo com Stravinsky, era ter seu busto colocado ao lado do de Richelieu, no Louvre). Os Murphys tinham chegado a Paris no momento em que a revolução artística do século XX, iniciada antes da Primeira Guerra, estava assumindo diversas novas formas, e quando as atividades em todos os campos da arte estavam intensa e intimamente conectadas. O vagalhão cubista tinha sido substituído pela loucura criativa do dadaísmo e pelo erotismo agressivo dos surrealistas. Os intelectuais tinham se apaixonado pela arte popular − o cinema, o circo, o *jazz hot*. Todas as artes pareciam estar na iminência de uma nova Era de Ouro, fruto dos ânimos do pós-guerra e de uma sensação generalizada de liberdade individual que incentivava a experimentação sem limites. "De 1920 a 1930, ninguém tinha dúvidas de que estava prestes a criar alguma coisa", escreveu o crítico francês Florent Fels. "Não tínhamos a intenção de mudar o mundo, mas tentávamos fazer com que ele tivesse um visual e um pensamento diferentes."

* * *

Com toda certeza, considerando-se seu histórico e temperamento, não havia dois norte-americanos mais bem preparados do que os Murphys para reagir a tudo o que estava acontecendo ou para compreender tão bem o entusiasmo do movimento modernista. Sara Murphy era a mais velha das três filhas de um fabricante de tintas de Cincinnati chamado Frank B. Wiborg e tinha passado a maior parte de sua infância na Europa com a mãe e as irmãs. As três meninas eram de uma beleza estonteante, mas cada uma a seu estilo: Olga, a caçula, tinha um rosto sereno e clássico; Mary Hoyt (ou Hoytie, como a chamavam) era dramática, melancólica e intensa; já a beleza suave e delicada de Sara e seus cabelos dourados refletiam a herança escandinava da família (o avô paterno era norueguês). As três tiveram aulas de canto e, como nas festas da época esperava-se que os convidados fizessem alguma apresentação, as irmãs Wiborg eram uma sensação. Tinham vasto repertório de canções folclóricas, que cantavam a três vozes (Sara fazia o contralto, Hoytie era tenor e Olga, soprano) com uma despretensiosa precisão tipicamente americana que encantava os ouvintes europeus. Como sua *pièce de résistance*, elas ficavam atrás de uma cortina semitransparente, abaixavam as alças de seus vestidos de gala, agitavam os braços e cantavam o tema das donzelas de *O ouro do Reno*. Lady Diana Cooper apresentou-as à sociedade londrina. Foram levadas à Corte de St. James em 1914 e, como escreveu Lady Diana em sua autobiografia, "naquele ano, as moças Wiborg foram a coqueluche de Londres".

Aos dezesseis anos, Sara Sherman Wiborg (que recebeu seu nome do meio em homenagem ao general William Tecumseh Sherman, o tio preferido da mãe) falava francês, alemão e italiano com fluência. No entanto, não se impressionava em absoluto com os modismos da sociedade da época e dizia a todos exatamente o que pensava. "Adoro Sara", declarou Lady Diana à Sra. Wiborg, "ela é como uma gata que só faz o que quer". Sara se tornou a queridinha de Stella Campbell (casada com Patrick Campbell), amiga de sua mãe, que insistia em sua companhia quando ia comprar roupas para seus personagens no teatro. "Sara, querida", ela dizia, em sua voz grave, com o sotaque italiano, "este vestido me cai bem? Ou me faz parecer um charuto?" Gerald Murphy disse certa vez que, embora já conhecesse Sara havia onze anos quando os dois se casaram e mal pudesse narrar algum episódio de sua vida do qual ela não tivesse participado, ela continuava a ser, em sua essência, tão ingênua e original que "até hoje não faço ideia do que ela vai fazer, dizer ou sugerir".

Até 1921, o contato de Gerald Murphy com a Europa tinha sido em grande parte indireto. Durante 25 anos, o pai dele, Patrick Francis Murphy, passou cinco meses por ano na Europa, estudando as minúcias do estilo de vida da classe alta europeia e os artigos criados para ela; avaliava tudo e, muitas vezes, os aperfeiçoava antes de vender na loja Mark Cross, à época na Quinta Avenida com 25, em Nova York. O velho Murphy foi quem apresentou aos americanos, entre outras coisas, a porcelana Minton, o cristal de lapidação inglesa, os tacos de golfe escoceses e os faqueiros Sheffield, além da primeira garrafa térmica vista nos Estados Unidos. E mais: desenhou e colocou à venda o primeiro relógio de pulso, por sugestão de um oficial da infantaria britânica, que reclamou que o relógio de bolso era muito desajeitado para usar nas trincheiras da guerra.

Patrick Murphy assumiu a modesta selaria de Mark W. Cross, em Boston, na década de 1880, e a transformou em uma elegante loja nova-iorquina de artigos de couro, mas ele não tinha nada dos típicos comerciantes bem-sucedidos de então. Passava a maior parte do dia lendo os clássicos ingleses em seu escritório (com especial predileção por Macaulay); era conhecido pelos perspicazes discursos que fazia nos jantares da época; e escrevia ele mesmo os anúncios de sua loja — uma coluna publicada semanalmente em todos os jornais nova-iorquinos, que começava com cinquenta palavras de teor filosófico e fino humor e terminava com um *slogan* como

"*Mark Cross: tudo para o cavalo, menos o cavaleiro; tudo para o cavaleiro, menos o cavalo*". Além disso, não tinha a menor intenção de ficar mais rico do que já era. "Quantas vezes preciso dizer a você que *não quero* ganhar mais dinheiro?", Gerald se lembrava de ouvir o pai dizer, quando Frederick Murphy, irmão mais velho de Gerald, sugeria ampliar os negócios. Suas desavenças acerca dessa questão acabaram por distanciar os dois, que só se reconciliaram quando Fred estava à beira da morte em razão de desdobramentos tardios dos ferimentos sofridos enquanto servia como oficial de tanque na Primeira Guerra Mundial. (Fred se apresentara como voluntário junto a outro oficial de seu regimento, o então Major George S. Patton — que nessa época já usava seu revólver com cabo de marfim —, para se alistar no primeiro regimento francês de tanques, no tempo em que os oficiais iam correndo ao lado dos tanques para conduzir suas operações.) Fred e Gerald nunca foram muito próximos. Segundo o ator Monty Woolley, que estava um ano na frente de Gerald em Yale, "a relação entre os dois sempre me pareceu um tanto cômica. A polidez de um para com o outro era algo extraordinário. Um jamais ficava à vontade na presença do outro". A relação de Gerald com a irmã Esther, dez anos mais jovem, também era muito cerimoniosa. Precoce, muito lida e já aos nove anos capaz de manter conversas ininterruptas, Esther sobreviveu a dois casamentos malsucedidos — o segundo dos quais com Chester Arthur, neto do vigésimo-primeiro presidente dos Estados Unidos – e mais tarde mudou-se definitivamente para Paris.

Gerald Murphy nasceu em Boston, em 1888. Quatro anos depois, o pai transferiu seus negócios para Nova York e a família se instalou numa modesta casa geminada de tijolos castanhos, no começo da Quinta Avenida. Muito embora tivesse sido criado em um ambiente confortável, Gerald não teve uma infância feliz. Seu pai acreditava que crianças deveriam ser criadas com rigidez, e os Murphys mais jovens jamais podiam reclamar de coisa alguma. Certa vez, em um dia de inverno, quando Gerald caiu pela superfície congelada do lago do Central Park, o pai o deixou ao relento, com a roupa de baixo gelada junto à pele, até que os demais terminassem seu passeio. Pouco tempo depois, ele foi mandado para um internato católico perto de Dobbs Ferry, onde, segundo se lembrava vividamente, fora "chicoteado pelas freiras" por molhar a cama. As freiras costumavam levar os meninos mal-comportados para uma cabana abandonada e espancá-los com ripas de madeira. A experiência fez com que Gerald desenvolvesse uma antipatia vitalícia pelo catolicismo e todos os seus adornos.

Depois, ele foi para a Escola Hotchkiss, onde se formou em 1907. Seu pai, no entanto, considerou que ele não estava apto a ir para a faculdade e o enviou no ano seguinte a Andover. Patrick Murphy esperava que seu segundo filho estudasse em Harvard – Fred já tinha se diplomado em Yale –, mas Gerald também escolheu Yale. Logo se arrependeria da decisão. "Eu detestava New Haven", disse mais tarde, "e sempre tinha a sensação de não conseguir conquistar lá nada do que eu gostaria. Havia aquela expectativa de que você se destacasse em alguma atividade extracurricular, e tinha tanta pressão nesse sentido que era impossível não sucumbir. Eu, pelo menos, não conseguia. Os atletas eram o centro das atenções, enquanto o resto do corpo discente era treinado para apenas assistir e aplaudir nas arquibancadas. Havia um filisteísmo tácito generalizado. Os rendimentos nos estudos eram raramente discutidos. Um interesse pelas artes era visto com desconfiança. Os alunos em minha turma que tinham uma mentalidade mais interessante eram reprimidos e nunca chegávamos a conhecê-los bem".

Justamente por não resistir, Murphy foi aceito na fraternidade estudantil mais importante (a DKE), foi sondado pela sociedade secreta Skull and Bones, foi eleito também diretor do coral e presidente do comitê de dança, e ainda foi escolhido como o mais elegante da turma de 1912. Alto e bonito, de cabelos arruivados, boas maneiras e inteligência ágil, Gerald era uma espécie de ideal masculino para muitos colegas. Por algum motivo, entretanto, faltava a ele o espírito competitivo que teria feito todas as suas conquistas parecerem dignas de mérito a seus olhos; as qualidades que o tinham feito se destacar na turma de 1912 não eram nada admiráveis na sua opinião. Archibald MacLeish, que entraria para a Skull and Bones três anos depois de Gerald, contou que, quando foi com a esposa a Paris na década de 1920, e todo mundo recomendou que procurassem os Murphys (ele não tinha conhecido Gerald em Yale), teve a nítida impressão de que os Murphys os estavam evitando; tempos depois, quando já tinham se tornado amigos próximos, ele concluiu que Gerald estivera apenas relutante em encontrar um colega da Skull and Bones. Os dois únicos amigos da faculdade com quem Murphy manteve contato depois de formado foram Monty Woolley e Cole Porter – uma das mentes mais interessantes da turma de 1913, cujo sucesso em Yale se deveu muito à amizade com Gerald.

Gerald adorava contar como aconteceu seu primeiro encontro com Cole Porter: "Havia em Yale o costume bárbaro de se ir ao dormitório dos alunos segundanistas para conversar e ver quem ali seria uma respeitável aquisição para as fraternidades. Lembro-me de acompanhar Gordon Hamilton, o mais belo e sofisticado aluno da nossa turma, e de ver, por duas noites seguidas, um aviso na porta de um dos alunos, dizendo 'Volto às dez. Fui ao ensaio dos hinos de futebol'. Hamilton ficou enormemente irritado de alguém ter a audácia de não estar no quarto em uma noite de visita, e então resolveu não procurar mais aquele aluno. Porém, uma noite, passei pelo quarto dele, a luz estava acesa e entrei. Ainda consigo ver o quarto: tinha uma única lâmpada no teto e um piano com uma caixa de caramelos em cima, e também móveis de vime, o que era considerado um mau sinal na Yale de 1911. Sentado ao piano estava um rapazinho vindo da cidade de Peru, em Indiana, de terno xadrez e gravata salmão, com os cabelos lambidos, repartidos ao meio, com toda a cara de um sujeito da Costa Oeste vestido para se misturar ao pessoal da Costa Leste. Tivemos uma longa conversa sobre música e compositores – éramos ambos loucos por Gilbert e Sullivan – e fiquei sabendo que ele morava em uma imensa fazenda de maçãs e tinha uma prima chamada Desdêmona. Ele também me contou que a música que inscrevera no concurso de hinos de futebol tinha acabado de ser aceita. Chamava-se 'Bulldog' e, claro, tornou-o famoso".

Famoso, sim, mas não totalmente aceito em Yale. Ainda que recebesse a segunda maior mesada de sua turma (a primeira era de Leonard Hanna), Cole Porter não se enquadrava bem no padrão social de um aluno de Yale. Por insistência de Murphy, ele foi aceito na DKE naquele ano, e, pouco depois, Murphy também persuadiu o coral, do qual ele era diretor, a aceitar Porter mesmo como segundanista – algo que nunca tinha acontecido –, para que o novato pudesse cantar uma música que tinha acabado de compor na turnê de primavera do coral. A tal canção foi o auge da apresentação. Era uma sátira às alegrias de ser dono de um automóvel, e Porter ia para a frente da cortina para cantá-la no penúltimo ato, com as mãos para trás, enquanto veteranos e calouros, atrás dele, faziam em coro "zum, zum, zum".

Depois de se formar em Yale, em 1912, Murphy passou os cinco anos seguintes trabalhando na Mark Cross. Seu pai esperava que os dois filhos levassem o negócio adiante – na época, Fred administrava a fábrica da Mark Cross na Inglaterra –, mas Gerald ainda não estava preparado para fazer nada além do que se esperava dele. No entanto, as sementes da insatisfação já tinham começado a germinar; sua imaginação irlandesa se rebelou contra aquela vida que se descortinava tão facilmente à sua frente. A única pessoa a quem confidenciava suas dúvidas e incertezas era Sara Wiborg.

Gerald e Sara se conheciam desde 1904. Logo depois que os Wiborgs se mudaram de Cincinnati para Nova York, Gerald se tornara uma espécie de "primo adotado" pelas três moças Wiborg. Tomava conta delas em festas e bailes e as visitava durante os verões no casarão em East Hampton, onde Frank B. Wiborg havia comprado um terreno de seiscentos acres à beira-mar, ao lado de onde hoje fica o Maidstone Club. A Sra. Wiborg parecia não contemplar a possibilidade de as filhas se casarem: elas eram sua companhia nas viagens que fazia todo ano (em uma delas, foram à Índia e conseguiram, a duras penas, ir até o extremo norte, no desfiladeiro Khyber) e apenas serviam de enfeite para sua agitada vida social. Mas, em 1914, Gerald começou a escrever cartas para Sara em um tom cada vez mais pessoal, e, em meio às frases levemente formais, deixava transparecer uma profunda melancolia. Ele confessava sofrer de frequentes tristezas e depressões: "os serviçais da escuridão de fato se apoderam de mim às vezes", em suas palavras. Confidenciou a ela também seu desdém pelas normas sociais que proibiam que homens conversassem sobre livros, música ou quadros com outros homens, pois seriam considerados afeminados. "Anseio por encontrar alguém com quem, enquanto caminho pelo campo de golfe, possa conversar sem fazer qualquer esforço – e com segurança e sem reservas – sobre assuntos que fujam ao fedor do rés do chão". A respeito de sua própria vida até aquele momento, escreveu também para Sara que "para mim, a vida tem sido de um fingimento e supremo irrealismo tais (pelos quais só posso culpar a *mim* mesmo) que eu gostaria que tudo o que não presta pudesse passar por uma peneira e ir-se embora".

No começo de fevereiro de 1915, ficaram noivos. As cartas que se seguiram ao evento – às vezes, duas ou três no mesmo dia – mostram um homem que, subitamente, ganhara mais confiança em seus instintos, gostos e desejos. "Sinto-me quase como se apenas nós soubéssemos onde estão enterrados baús de ouro e joias... Sinto-me mais e mais como se tivéssemos feito uma requisição aos escritórios da Civilização por um lugar no mundo – e que ela foi aceita". A mãe de Sara se opôs fortemente ao casamento, sem nem ao menos dar-se ao trabalho de apresentar seus motivos, e os fins de semana em East Hampton ficaram cada vez mais opressivos. Gerald, que tinha pouco apoio emocional da família, tinha receio de um dia se mostrar fraco demais "para carregar a nós dois pelas fases difíceis da vida". Mas um enorme otimismo começava a se enraizar nele. A vida que ele tinha planejado para os dois seria uma experiência totalmente nova, algo que não tivessem conhecido antes e com a qual, de alguma forma, ambos colaborariam para tornar realidade. "Sabe", escreveu para Sara, "acredito que devemos sempre desfrutar mais daquilo que planejamos fazer por vontade própria – e juntos, mesmo quando com outras pessoas, mas do *nosso* próprio jeito". Sua vida em comum seria estimulante, original e um tanto fantasiosa; seria sua própria criação conjunta.

Casaram-se em 30 de dezembro de 1915, em Nova York. Nos dois anos seguintes, moraram em uma casa pequena, no número 50 da Rua 11 Oeste, que Patrick Murphy deu como presente de núpcias e que eles decoraram em estilo vitoriano – uma inovação um tanto surpreendente, que lhes permitiu comprar barato muitos móveis excelentes que pouco tempo antes tinham sido descartados por estarem "irremediavelmente antiquados". A primogênita entre seus três filhos, Honoria (que não era originalmente nome de ninguém nas duas famílias), nasceu dois anos depois. Onze dias após o nascimento, Gerald foi para Kelly Fields, no Texas, onde fez o treinamento básico no setor de aviação do Corpo de Sinaleiros do exército americano. O treinamento para pilotos na Primeira Guerra Mundial consistia de doze semanas em terra, seguidas por um período de instrução em voo em algum outro lugar. Depois de mais algumas semanas no Campo Roosevelt (hoje Campo Mitchell), em Long Island, Murphy foi transferido para a unidade de treinamento em voo Handley Page, na Inglaterra. No entanto, o armistício foi declarado no mesmo dia em que ele estava para zarpar, e ele então voltou, meio frustrado, à vida civil.

Àquela altura, Gerald já sabia que não queria continuar trabalhando para o pai na Mark Cross. Mas então, perguntou o pai, *o que* ele queria fazer? Gerald, que nem fazia ideia da resposta até aquele momento, disse que queria estudar arquitetura paisagística. "Eu tinha de dizer alguma coisa", contou mais tarde, "e foi o que me veio à cabeça". Ainda que provavelmente um tanto decepcionado, Patrick Murphy não tentou fazer o filho mudar de ideia. O jovem casal Murphy passou os dois anos seguintes em Cambridge, onde Gerald cursou a graduação em Arquitetura Paisagística de Harvard. Cambridge parecia a ambos bem mais estimulante do que Nova York. Com frequência, estavam na companhia de Alice James e seu círculo de amigos, e a Sra. Winthrop Chanler apresentou-os a Amy Lowell. "Você precisa conhecê-la", escreveu Gerald para Sara, que estava em Nova York quando de seu contato inicial. "Amy sabe *tudo* a respeito de *tudo* – mas ainda assim é tão cordial e simpática. Certa vez, conversava reservadamente com ela, quando me pediu: 'Repita isso'. Fiquei receoso, mas repeti. Ela pegou um lápis e anotou, e então disse casualmente: 'Agora continue'. Eu tinha dito apenas que os personagens nos romances russos me pareciam animais tão frágeis que o desalento das histórias se tornava algo irreal. Ela deu um pulo e ficou repetindo para si mesma: 'Animais frágeis... animais frágeis é bem correto...

animais frágeis é muito bom!'". Gerald também ficou fascinado, na época, por botânica, e fez cursos sobre o assunto em Harvard. "Sinto agora que gostaria de saber sobre todas as flores, árvores, gramas, estrelas, pedras e até mesmo o próprio ar", ele escreveu a Sara. "É tão gratificante a beleza que se desvela com o conhecimento".

Mas, mesmo com eles longe, em Cambridge, a pressão exercida por duas famílias tão poderosas e exigentes — especialmente a de Sara — gerava tensão na nova vida que o casal tentava criar para si. Havia, além disso, uma opressiva sensação de que as condições de vida nos Estados Unidos estavam ficando cada vez mais desfavoráveis a qualquer tipo de inovação. Como disse Murphy, "tínhamos a impressão de que os puritanos estavam no comando por aqui, e que um governo capaz de aprovar a 18ª Emenda, a Lei Seca, podia também, e provavelmente iria, se esforçar para deixar a vida nos Estados Unidos tão complicada e intolerável quanto possível". No começo de 1921, como muitos de seus conterrâneos, os Murphys resolveram ir morar fora por algum tempo. Muito embora tivessem tido mais dois filhos, o dinheiro ainda era suficiente para todos viverem confortavelmente na Europa, onde o câmbio era bastante favorável aos americanos. Frank Wiborg tinha, pouco tempo antes, dividido sua fortuna em partes iguais, e os ganhos de Sara chegaram a sete mil dólares anuais. Na primavera, com os três filhos — Honoria, três anos; Baoth, dois; e Patrick, um bebê de oito meses —, os Murphys partiram de navio para a Inglaterra. Passaram um verão agradável no campo. Gerald ainda planejava se tornar arquiteto paisagista profissional, e pretendia conhecer e estudar os famosos jardins ingleses. No outono, atravessaram o Canal da Mancha e se acomodaram em Paris durante o inverno, hospedando-se primeiro no Hotel Beau Site e depois em um apartamento no número 2 da Rue Greuze, perto da Étoile.

Paris

A Villa America ficou finalmente pronta para morar no final do verão de 1924. Com sua deslumbrante vista para o mar e para as montanhas, seu jardim luxuriante e o terraço coberto, parecia o lugar ideal para uma vida que era "estimulante, original e um tanto fantasiosa".

Paris era onde o século XX estava.

— Gertrude Stein

Andando pela Rue La Boétie em uma manhã de outono de 1921, pouco depois de chegar a Paris, Gerald Murphy parou para olhar a vitrine da Galeria Rosenberg; então entrou e viu, pela primeira vez na vida, quadros de Braque, Picasso e Juan Gris. O que ele sentiu naquele instante foi o espanto da descoberta. "Fiquei estupefato. Minha reação às cores e às formas foi imediata. Para mim, havia algo naqueles quadros com que me identifiquei e que compreendi instantaneamente. Lembro-me de dizer a Sara: 'Se isso é pintura, é isso o que quero fazer'". Aquele dia marcou o fim de seu treinamento como arquiteto paisagista e o começo de sua carreira de pintor, uma carreira que duraria nove anos, produziria ao todo quinze telas notáveis e terminaria tão abruptamente quanto começou.

Seu único treinamento formal em pintura tinha sido com Natalia Goncharova, a artista imigrante russa que também criava cenários para o balé de Diaghilev. No começo, Sara e a amiga Hester Pickman (cujo nome de solteira era Chanler) fizeram o curso junto com Gerald, indo com ele todas as manhãs ao ateliê da Rua Jacob. Goncharova explicava a eles os elementos da pintura modernista e só permitia que trabalhassem com formas abstratas. "Ela não nos deixava colocar na tela nada que lembrasse algo que já tivéssemos visto". Depois de seis meses dessa disciplina, entretanto, Murphy começou a desenvolver um estilo próprio, que ficava a meio caminho entre o realismo e a abstração, e que hoje, em 1974, parece incrivelmente próximo do factualismo irônico da *pop art* americana. Seus quadros eram, com frequência, bem grandes e se caracterizavam por cores fortes e sólidas e por uma meticulosa reprodução de maquinários ou de objetos domésticos nos mínimos detalhes: turbinas, uma lâmina de barbear, a tampa de uma caixa de charutos, uma vespa devorando uma pera. Trabalhava bem devagar, fazendo muitos estudos preliminares, e levava meses para completar um quadro.

Passou a expor no Salon des Indépendants ("Salão dos Independentes") todos os anos, a partir de 1923. Desde o começo, o trabalho de Murphy se caracterizava por uma ousadia de concepção e uma grandiosidade de dimensões que, vindas de um americano desconhecido, não tinham como não chamar a atenção. Paul Signac, presidente do comitê de seleção no Salão de 1924, protestou com veemência contra a exibição do enorme quadro *Boatdeck* [Convés], de Murphy, uma tela de 5,5 m x 3,5 m que mostrava as chaminés e os dutos de ventilação de um transatlântico. Signac o rejeitou sob a alegação de ser "desenho arquitetônico". Seu voto foi vencido, e saiu nos jornais a foto de Murphy posando na frente de sua enorme tela, com um chapéu-coco e uma expressão enigmática. No ano seguinte, Murphy expôs um quadro de 1,80 m x 1,80 m que mostrava o mecanismo de um relógio de pulso. Na mesma exposição, havia um quadro do pintor espanhol Joan Miró, à época um virtual desconhecido, chamado *A fazenda*, que foi comprado por Ernest Hemingway.

Hemingway e sua primeira esposa, Hadley, estavam morando no andar de cima de uma serraria na Rue Notre-Dame-des-Champs. Tinham conhecido os Murphys recentemente, a quem Hemingway considerou como "gente formidável", chegando a ler para eles o manuscrito original de seu segundo romance, *As torrentes da primavera*. Gerald considerou o livro de gosto duvidoso – era uma paródia um tanto imperfeita de Sherwood Anderson –, e Sara, que estava prestes a ir para a cama quando Hemingway chegou sem aviso no apartamento deles com o livro, dormiu durante quase toda a leitura, mesmo sentada ereta no sofá. Se Hemingway percebeu, nada demonstrou.

Como comprovam centenas de relatos da época, a vida dos expatriados norte-americanos na Paris dos anos 1920 era, de maneira geral, de uma efervescência intelectual um tanto autocontida. Para os Murphys, no entanto, era algo bem diferente. Dez anos mais velhos do que a maioria de seus conterrâneos, e levando uma vida relativamente estável, centrada sobretudo nos filhos, eles tinham pouco em comum com a obstinada boemia de muitos dos americanos de Montparnasse. A maior parte de seus amigos eram casais com filhos, que, como eles, tinham ido morar em Paris acima de tudo devido a uma profunda insatisfação com a vida americana. "De todos nós que estávamos lá nos anos 1920, Gerald e Sara às vezes pareciam ser os únicos verdadeiros expatriados", disse certa vez MacLeish. "Eles não suportavam as pessoas de seu círculo social nos Estados Unidos, que consideravam empertigadas e chatas. Nutriam enorme desprezo pelas escolas e universidades americanas, e sempre diziam que Honoria jamais, jamais, se casaria com um rapaz que tivesse estudado em Yale. E ainda assim, ao mesmo tempo, pareciam valorizar uma espécie de crença whitmaniana no puro espírito nativo americano, na possibilidade de uma arte, de uma música e de uma literatura americanas."

A casa dos Murphys, na verdade, era o lugar onde seus compatriotas podiam se inteirar do que estava acontecendo em sua terra natal. Gerald tinha conseguido com o baterista da banda de Jimmy Durante que ele mandasse todo mês, por navio, os últimos discos de jazz. Importava as mais recentes traquitanas domésticas que estavam sendo fabricadas nos Estados Unidos (como uma chapa elétrica de fazer *waffle*, por exemplo), sabia quais eram as danças mais populares na América e lia todos os livros mais recentes de escritores americanos. Os franceses, que eram fascinados por qualquer coisa norte-americana, adoravam ouvir os Murphys cantarem músicas folclóricas e *spirituals* dos negros, os quais Gerald vinha colecionando há anos. Ele tinha descoberto na Biblioteca Pública de Boston as letras de muitas músicas cantadas pelos negros sulistas antes da Guerra de Secessão (e que nunca tinham sido publicadas em lugar algum, como "Nobody knows the trouble I've seen" e "Sometimes I feel like a motherless child"), e, junto de Sara, compilou um repertório, que ambos cantavam em dueto harmônico – Gerald fazendo o tenor e Sara, o contralto. Certa vez, cantaram para Erik Satie. O excêntrico padrinho do grupo conhecido como Les Six tinha grande interesse em americanos – chegou a escrever uma vez que devia muito a Cristóvão Colombo, "pois o espírito americano vez por outra me dá um tapinha no ombro, e sempre me deleito ao sentir seu sarcasmo ironicamente glacial" – e, naquela ocasião, tinha ido à residência parisiense da Sra. Chanler especialmente para ouvir as canções dos Murphys. Enquanto eles cantavam, Gerald tocava um acompanhamento bem simples ao piano, algo que ele mesmo elaborara. "Assim que terminamos", Gerald se lembra, "a Sra. Chanler perguntou a opinião de Satie e ele respondeu 'Lindo, mas não precisa do piano. Peça que se virem de costas e cantem de novo'. Então, cantamos tudo outra vez sem acompanhamento, e Satie disse 'Jamais cantem essas músicas de qualquer outro jeito', e foi embora".

Para os Murphys e seus amigos, contudo, os Estados Unidos ainda não tinham entrado no novo século; o centro do mundo de então era Paris. Em *Paris France*, um de seus livros mais lúcidos, Gertrude Stein escreveu que, de 1900 a 1939, "houve de fato um enorme esforço da humanidade no sentido de se civilizar. [...] A Inglaterra teve a desvantagem de acreditar no progresso, e progresso nada tem a ver com civilização, mas a França soube ser civilizada sem precisar manter o progresso sempre em mente; podia acreditar na civilização por si mesma, e por isso se tornara o cenário natural para aqueles tempos". Estrangeiros não eram românticos aos olhos dos franceses; eram, para eles, como disse Stein, "apenas fatos". Paris os deixava em paz e, ao mesmo tempo, fornecia o fomento intelectual que desejavam; como resultado, eram os artistas estrangeiros que predominavam nos movimentos artísticos do pós-guerra. Diaghilev e Stravinsky, Picasso e Miró, Hemingway e Ezra Pound sentiram as vibrações e reagiram à altura, e o entusiasmo de suas descobertas deu um impulso caótico ao clima de todo aquele período. "Todo dia era diferente", contou Murphy. "Existia uma tensão e uma animação no ar que eram quase palpáveis. Havia sempre uma nova exposição, ou um recital de novas músicas de Les Six, ou uma manifestação dadaísta, ou um baile à fantasia em Montparnasse, ou a estreia de uma nova peça ou um balé, ou uma das fantásticas *Soirées de Paris*, promovidas por Étienne de Beaumont em Montmartre — e a cada vez que você fosse a um desses eventos, encontraria todo mundo lá também. Havia um acalorado interesse por tudo o que estava acontecendo, e isso parecia criar ainda mais movimento."

Um dos maiores eventos da primavera de 1923, durante o segundo ano dos Murphys em Paris, foi a estreia do balé de Stravinsky *O casamento*, apresentado pela companhia de Diaghilev. De toda a obra de Stravinsky, a música daquela poderosa composição, baseada no ritual simples e quase selvagem do casamento de um camponês russo, era a preferida de Diaghilev. O *impresario* se entusiasmara tanto com aquela trilha, que tinha convencido três compositores bem conhecidos — Francis Poulenc, Georges Auric e Vittorio Rieti — a executar três das quatro peças para piano (Stravinsky usava pianos quase como instrumentos de percussão, e os colocava no palco junto dos bailarinos); a quarta peça seria tocada por Marcelle Meyer, principal intérprete do novo cenário musical e amiga de Sara e Gerald. Goncharova ficou a cargo da cenografia. Os Murphys assistiram a todos os ensaios e até levaram alguns amigos, inclusive Dos Passos; este, por sua vez, levou E. E. Cummings, que se sentou na fileira do fundo e não quis conhecer os Murphys. ("Dá para entender", Dos Passos explicou a eles. "Passei a maior parte da vida mantendo meus amigos longe uns dos outros.") Stravinsky relata, em seu *Memórias e comentários*, que o jovem coreógrafo russo George Balanchine viajou de Moscou para Paris apenas para assistir à estreia.

O entusiasmo com *O casamento* foi tal, que os Murphys se sentiram compelidos a comemorar a estreia. "Decidimos dar uma festa para todos os que estavam diretamente envolvidos com o balé", lembrou Gerald, "assim como para nossos amigos que vinham acompanhando aquilo tudo desde sua concepção. Nossa ideia era encontrar um lugar que fosse à altura do evento. Primeiro, falamos com o diretor do Cirque Medrano, mas ele achou que nossa festa não convinha a uma instituição tão tradicional. Lembro-me de ele dizer de maneira arrogante: '*Le Cirque Medrano n'est pas encore une colonie américaine*' ("O Cirque Medrano ainda não é uma colônia americana"). Nossa segunda opção foi o restaurante que ficava em uma enorme *péniche*, uma barcaça adaptada que estava ancorada no Sena em frente à Assembleia Legislativa, e era de uso exclusivo dos próprios parlamentares diariamente, exceto aos domingos. A administração do local adorou a nossa ideia e colaborou em tudo o que pôde". A festa aconteceu em 17 de junho, o domingo seguinte à estreia. Começou às sete da noite, e o primeiro a chegar foi Stravinsky, que foi direto à *salle à manger* (salão de jantar) para inspecionar, e até modificar, o mapa de assentos. Ficou aparentemente satisfeito com o lugar que lhe coube, à direita da Princesa de Polignac, que tinha patrocinado *O casamento*.

Como no famoso "Banquet Rousseau" de 1908, no qual Picasso e seus amigos homenagearam Le Douanier Rousseau (o pintor Henri Rousseau, conhecido como "o aduaneiro"), a festa dos Murphys na *péniche* veio ganhando com os anos uma aura lendária, de tal forma que houve, tanto de quem esteve presente como de quem não esteve, relatos por vezes vívidos e outras vezes bem conflitantes do evento.

As cerca de quarenta pessoas que certamente compareceram formavam uma espécie de cúpula de lideranças do movimento modernista em Paris: Picasso, Darius Milhaud, Jean Cocteau, Ernest Ansermet (maestro de *O casamento*), Germaine Tailleferre, Marcelle Meyer, Diaghilev, Natalia Goncharova e o marido, Michel Larionov, Tristan Tzara, Blaise Cendrars e Scofield Thayer, editor da revista americana *The Dial*. Estavam lá também quatro ou cinco bailarinas da companhia e dois dos primeiros bailarinos, mas os Murphys tinham sido aconselhados a não convidar todo o corpo de baile, pois Diaghilev, que prezava muito a hierarquia, não aprovaria. Após os coquetéis no convés superior coberto da *péniche*, os convidados desceram para a *salle à manger*, com exceção de Cocteau, que tinha tamanho pavor de ficar enjoado, que se recusou a subir a bordo até que o último barco de turistas do Sena tivesse passado, e então não haveria mais risco de ondas.

O jantar regado a champanhe que se seguiu foi memorável, assim como a decoração. Ao descobrir de última hora que não haveria como comprar flores frescas aos domingos, os Murphys foram a um bazar em Montparnasse e compraram várias sacolas de brinquedos — caminhões de bombeiros, carros, bichos, bonecas, palhaços — e os arranjaram como pequenas pirâmides na comprida mesa de banquete. Picasso ficou encantado. De imediato, reuniu alguns brinquedos e compôs com eles uma incrível "cena de acidente", encimada por uma vaca pendurada em uma escada de bombeiros. O jantar durou horas, entremeado por música – Ansermet e Marcelle Meyer tocavam piano em uma ponta do salão – e dança interpretada pelas bailarinas. Cocteau finalmente subiu a bordo. Descobriu onde ficava a cabine do capitão, vestiu o uniforme e seguiu, com uma lanterna na mão, enfiando a cabeça nas escotilhas e anunciando em tom catastrófico: "*On coule*" ("estamos naufragando"). A certa altura, Murphy reparou, com espanto, que Ansermet e Boris Kochno, secretário de Diaghilev, tinham conseguido desprender a enorme coroa de louros com a inscrição "*O casamento – Homenagens*", que estava pendurada no teto, e a seguravam para Stravinsky, que corria por toda a extensão do salão e pulava agilmente por dentro dela. Ninguém ficou bêbado de verdade, ninguém foi embora muito antes do amanhecer e, com toda certeza, ninguém jamais esqueceu aquela festa.

Os Murphys deixaram Paris pouco depois para passar o verão em Antibes. Tinham descoberto a Riviera no verão anterior, quando Cole Porter os convidou a ficar duas semanas em seu *château* alugado em Cabo de Antibes. "Cole sempre foi muito original para descobrir lugares novos", disse Murphy, "e, naquela época, ninguém chegava nem perto da Riviera durante o verão. Os ingleses e os alemães – não havia mais russos – que apareciam para a curta temporada de primavera fechavam suas *villas* assim que a temperatura começava a subir. Nenhum deles jamais entrava na água. Quando fomos visitar Cole, o verão estava muito, muito quente, mas o ar estava seco e à tarde esfriava, e o mar estava daquela maravilhosa cor de jade e ametista. Bem no final do cabo, havia uma pequena praia – a Garoupe –, de aproximadamente 35 metros de extensão apenas e coberta por uma camada de mais de um metro de altura de algas marinhas. Limpamos uma beirada daquela praia e lá tomamos banho de sol e mar, e decidimos que aquele era o lugar onde queríamos ficar. Por estranho que pareça, Cole nunca mais voltou lá. Mas, desde o começo, nós tínhamos certeza de que voltaríamos". Tinha um hotelzinho no cabo que era administrado havia 35 anos por Antoine Sella e sua família; normalmente, fechava a partir de 1º de maio, quando os Sellas iam administrar um hotel nos Alpes italianos. Naquele 1923, entretanto, os Murphys convenceram Sella a manter o Hôtel du Cap aberto com capacidade mínima durante o verão, apenas com um cozinheiro, um garçom e uma camareira na equipe. Mudaram-se para lá com os filhos e dividiram o lugar com uma família chinesa que resolveu ficar quando soube que o hotel continuaria funcionando.

As companhias habituais dos Murphys naquele verão foram Picasso e sua primeira mulher, Olga, o filho pequeno dos dois, Paulo, e a mãe idosa de Picasso, *Señora* Maria Ruiz. Apareceram para visitar os Murphys no Hôtel du Cap e gostaram tanto da região que alugaram uma *villa* na cidadezinha de Antibes, próxima dali. Olga tinha sido segunda bailarina da companhia de Diaghilev. Era uma jovem bonita, com boca em forma de botão de rosa e um nariz fino, que concordava com tudo o que qualquer um dissesse. Não tinha nenhuma habilidade para a conversa e era totalmente prosaica, qualidades que Picasso parecia apreciar à época. (Mais tarde, quando ele a largou, Olga passou três dias seguindo-o com um revólver por Paris; acabou ficando louca.) A *Señora* Ruiz não falava nada de francês, apenas espanhol, mas os Murphys se deram muito bem com ela.

Na época, Picasso estava trabalhando em dois estilos radicalmente diferentes: sua fase cubista tardia, que acabou por produzir obras importantes como *Os três músicos*, de 1921; e o monumental e figurativo estilo de sua fase clássica, influenciada pela recente viagem que fizera a Roma com Diaghilev. Ficou impressionado pelo modo como Sara usava seu colar de pérolas nas costas, quando iam à praia (era "bom para as pérolas tomarem sol", ela explicava); e, naquele verão, Picasso fez muitos desenhos e pinturas, retratando uma mulher de beleza clássica, de cabelos compridos e com um colar de pérolas. Esse foi um detalhe também usado por Scott Fitzgerald, alguns anos depois, ao descrever Nicole Diver sentada na praia, "com o colar de pérolas nas costas bronzeadas". Gerald e Sara se encontravam com os Picassos quase todos os dias e sempre se divertiam com o humor sarcástico do pintor. "Não era por graça ou zombaria da parte dele", disse Gerald, "mas uma reação natural às coisas do mundo. Ele jamais falava de arte, e raramente expressava alguma ideia que fosse de certa forma abstrata. Na verdade, a única vez em que me lembro de ele dizer algo meio abstrato foi no dia em que vimos na estrada um velho cão preto de fazenda, deitado folgadamente à sombra de uma figueira, impedindo a passagem de um conversível. O motorista, por fim, teve de descer e afastar o cachorro com uma manta. Picasso assistiu a toda a pantomima sem esboçar qualquer traço de expressão. Depois que o carro se distanciou e o cachorro voltou para o meio da estrada, disse: '*Moi, je voudrais être un chien*' ("Quanto a mim, eu queria ser um cachorro"). Também me lembro de seu hábito de seguir as pessoas na praia, esperando que elas se abaixassem para pegar uma concha ou algo assim na areia, e então fotografava o traseiro delas. Tinha uma coleção notável dessas fotos, inclusive de gente muito conhecida".

Os americanos pareciam fascinar Picasso. Uma vez, em Paris, convidou os Murphys para um aperitivo em seu apartamento na Rue La Boétie, e, depois de mostrar a residência, com quadros em diversos estágios de acabamento por todos os cômodos, levou Gerald, cheio de cerimônia, para um recanto onde havia uma grande caixa de papelão. "Estava cheia de desenhos, fotografias, gravuras e outras reproduções recortadas de jornais. Todas tratavam de um único assunto: Abraham Lincoln. 'Coleciono isso desde criança', disse Picasso. 'Tenho milhares, milhares!' Mostrou uma das fotografias de Lincoln feitas por Brady e disse, com especial sentimento, 'Esta é a verdadeira elegância americana!'".

A reputação de Picasso já era grandiosa naquele tempo, mas ainda não universal. Em uma manhã, quase no final do verão, os Murphys souberam que o proprietário da casa que Picasso alugava exigiu que ele apagasse um enorme desenho a óleo que havia feito na parede da garagem. O homem estava furioso, e Picasso, achando muita graça, deu oitocentos francos para o proprietário mandar apagar o desenho. Em outra ocasião, Picasso chegou à praia rindo sozinho e mostrando uma carta de Gertrude Stein. Ela havia visto, na Galeria Rosenberg, em Paris, um quadro dele do qual tinha gostado muito, e queria saber se podia trocá-lo pelo retrato que Picasso havia feito dela e lhe dado de presente (retrato que hoje está no Museu Metropolitan, em Nova York). Os Murphys ficaram chocados e comentaram isso abertamente. "Sim", Picasso disse, "mas é que eu gosto tanto dela!". Pouco tempo depois, a Srta. Stein e sua amiga Alice B. Toklas foram passar uns dias em Cabo de Antibes. "Ela e Picasso eram fenomenais juntos", contou Murphy. "Um estimulava o outro de tal forma que todos ficavam revigorados só de estar por perto."

Antes de o verão acabar, os Murphys resolveram comprar sua própria *villa*. Acima de tudo, o que queriam era um jardim, e encontraram um em uma colina logo depois do farol de Antibes, numa casa que pertencia a um oficial do exército francês que tinha sido adido militar no Oriente Médio quase a vida inteira. A *villa* em si era uma espécie de chalé, pequena e despretensiosa, mas o jardim era extraordinário. Todos os anos, ao voltar para casa de férias, o proprietário levava árvores e plantas exóticas – tamareiras, figueiras com lindas folhas brancas, pimenteiras, oliveiras, limoeiros perenes, figueiras pretas e brancas – que prosperaram e proliferaram. Heliotrópios e mimosas cresciam por todo o jardim, que fluía em patamares descendo desde a casa, entremeados por trilhas de cascalho. Não havia flor que não crescesse ali, pois o terreno ficava em um lado da colina que era protegido do vento mistral. À noite, o jardim vibrava ao som dos rouxinóis.

Em *Suave é a noite*, a *villa* dos Diver é uma mistura da casa dos Murphys e de outra que ficava acima da Corniche, perto de Èze, de propriedade de Samuel Barlow, o compositor americano. Barlow tinha derrubado diversos sítios antigos de camponeses para fazer seu jardim, e também incorporou outros jardins à casa. Os Murphys não chegaram a tanto em sua propriedade, mas de fato fizeram uma grande reforma na *villa*, que levou quase dois anos para ser concluída. Substituíram o teto em ponta do chalé por uma claraboia – uma das primeiras a serem vistas na Riviera –, ganhando assim um segundo andar e dois quartos para as crianças. Derrubaram um terraço que tinha piso de mármore branco e cinza, mas tomando o cuidado de manter uma enorme tília prateada, sob a qual nos anos seguintes fariam quase todas as suas refeições. Com seu olhar apurado para objetos cotidianos com um *design* particularmente atraente, Murphy procurou os fornecedores de móveis que atendiam aos restaurantes e cafés locais e comprou grande quantidade de tradicionais cadeiras de vime e mesas simples de pinho, cujas pernas pintou de preto. A decoração do interior era ligeiramente mais séria (móveis forrados de cetim preto e paredes brancas), mas a casa estava sempre repleta das flores frescas que Sara colhia no jardim diariamente: oleandros, tulipas, rosas, mimosas, heliotrópios, jasmins, camélias.

Enquanto a Villa America, como decidiram batizá-la, estava sendo reformada, os Murphys retornaram a Paris para passar um inverno bastante agitado. Por intermédio de Léger, que estava então elaborando os cenários e o figurino do balé de Milhaud chamado *A criação do mundo*, Gerald Murphy recebeu a incumbência de criar um balé que fosse "americano" e que serviria de abertura para o evento principal. Ambos seriam executados pela Ballets Suédois, companhia sueca à época sediada em Paris. Rolf de Maré, o jovem diretor da companhia, perguntou a Murphy se ele conhecia algum jovem compositor americano em Paris que pudesse escrever as letras da trilha em inglês, e Murphy, sem nem hesitar, sugeriu Cole Porter. O compositor não tinha ainda se tornado um sucesso popular na Broadway, e sua rica e socialmente ambiciosa esposa preferia que ele dedicasse seu talento à música dita "séria". De fato, no verão anterior, ela tinha convidado Stravinsky para ir a Antibes dar aulas de harmonia e composição ao marido; depois de consultar os Murphys a respeito, Stravinsky recusara o convite.

Porter, no entanto, prontamente aceitou compor a trilha para a companhia de balé sueca, e ele e Murphy trabalharam juntos naquele projeto no *palazzo* dos Porters em Veneza durante três semanas no verão de 1923. O resultado da colaboração foi *Within The Quota* [Dentro da cota], uma animada sátira de meia hora mostrando as impressões de um jovem imigrante sueco nos Estados Unidos. Gerald elaborou a linha narrativa e pintou um impactante painel de fundo que era uma paródia dos jornais da Corporação Hearst da época. A pintura incluía um transatlântico colocado de pé ao lado do edifício Woolworth, diversas chamadas sensacionalistas e a manchete onde se lia "BANQUEIRO DESCONHECIDO COMPRA O ATLÂNTICO" (*"C'est beau, ça"*, ou "Ficou bonito, isso", Picasso comentou com Murphy quando as cortinas se abriram na noite de estreia). A trilha de Cole Porter era uma paródia espirituosa das músicas para piano que eram tocadas durante os filmes do cinema mudo, com a orquestra tentando se sobressair às vezes, mas sendo sempre vencida pelo instrumento. Logo antes da estreia, Léger obrigou Maré a inverter a ordem da apresentação: parecia acreditar que o animado número de abertura atrairia mais atenção do que o evento principal. Os dois balés, ainda assim, foram recebidos calorosamente.

Naquela primavera, os Murphys alugaram uma casa que tinha pertencido a Gounod – e que ainda permanecia na família dele – em uma colina em Saint-Cloud, com vista para Paris. O poema de Archibald MacLeish chamado *"Esboço de um retrato da Mme. G— M—"* fala sobre Sara na sala de estar daquela bonita casa antiga ("Suas belas proporções naquela pose / De satisfeita obediência exibida por seus salões / Cujo branco e dourado acomodaram-se na forma de lar") e expressa, incidentalmente, algo que todos os amigos dos Murphys já tinham comentado em algum momento: o talento do casal para transformar qualquer lugar onde morassem em uma espécie de manifestação de sua personalidade. Os Murphys jamais entretinham seus convidados com ostentação. Muito embora a biografia de Scott Fitzgerald escrita por Andrew Turnbull tenha dito que o casal fazia festas para quarenta pessoas no Maxim's, e que, antes de os convidados chegarem, Gerald dava uma gorjeta para o funcionário da chapelaria para evitar qualquer constrangimento aos "artistas mais pobres" do grupo ("Meu Deus!", exclamou Murphy ao ler isso. "Dá para imaginar algo mais arrogante?"), o fato é que nem ele nem Sara suportavam grandes recepções (que ela chamava de "sacrifícios"). Com exceção da *fête* para *O casamento* e mais duas ou três, eles nunca promoviam festas grandes. "Não eram as festas que nos divertiam", explicou Sara. "Havia tanto afeto entre todos nós. Amávamos nossos amigos e queríamos vê-los todos os dias, e normalmente víamos mesmo. Tudo parecia uma grande feira, e todos eram tão jovens."

A obra na Villa America avançava lentamente, e, por isso, quando os Murphys voltaram para Antibes, no verão de 1924, tiveram de se hospedar outra vez no Hôtel du Cap. Vários amigos foram visitá-los: Monty Woolley, Gilbert Seldes e a esposa (em lua de mel), os Picassos novamente, além do Conde e da Condessa Étienne de Beaumont, personagens proustianos que eram grandes conhecedores das artes e patronos da arte de vanguarda. (Um dos grandes eventos literários de 1924 foi a publicação do segundo romance do falecido Raymond Radiguet, *O baile do Conde d'Orgel*, e era de conhecimento público que o conde do livro tinha sido inspirado em Étienne de Beaumont.) Rodolfo Valentino passou alguns dias no hotel, para deleite da estupefata Honoria Murphy, e tomou banho de mar na praia de onde Gerald estava aos poucos retirando as algas marinhas, num ritmo de, em média, um metro quadrado por dia.

Pouco depois, em agosto, Scott e Zelda Fitzgerald chegaram. Os Murphys os tinham conhecido em Paris naquela primavera. Scott e Zelda contaram que estavam fugindo da agitada vida social de Long Island, e, em junho, se instalaram em Saint Raphael, onde pretendiam viver "um ano com praticamente nada". Quando chegaram para visitar os Murphys no Hôtel du Cap, ficou claro que aquela tal vida tranquila que desejavam não tinha se concretizado até então. Zelda havia se apaixonado por um aviador francês. Embora Scott tivesse descoberto o caso e tudo tivesse terminado, os Fitzgeralds estavam um tanto nervosos. Uma noite, depois que todos já dormiam, os Murphys foram acordados por Scott batendo na porta do quarto deles, segurando uma vela, com a mão tremendo muito. "Zelda está doente", ele disse; e então acrescentou, enquanto se apressavam pelo corredor: "Acho que ela não fez de propósito". Zelda havia engolido uma quantidade enorme, porém não letal, de calmantes, e eles tiveram de passar o resto da noite obrigando-a a andar de um lado para o outro para mantê-la acordada. Para os Murphys, aquela seria a primeira de muitas experiências com a tendência dos Fitzgeralds à autodestruição. Um tempo depois, naquela mesma temporada, quando Sara um dia os repreendeu pelo perigoso hábito que tinham de voltar tarde de festas e, por iniciativa de Zelda, mergulhar no mar saltando de rochedos de dez metros de altura, Zelda voltou seus grandes e penetrantes olhos para ela e disse, de maneira inocente: "Mas, Sara" – ela pronunciava "sei-ra" – "você não sabia? Nós não acreditamos em preservação da vida".

Mais para o fim daquele verão, as obras na Villa America tinham progredido o suficiente para que os Murphys pudessem se mudar para lá; daquele momento até quando deixaram a Europa de vez, dez anos depois, o chalé seria seu verdadeiro lar. Também mantinham um pequeno apartamento no Quai des Grands-Augustins, à margem esquerda do rio Sena, e iam para Paris pelo menos uma vez por mês para ficar a par de tudo o que estava acontecendo na capital. (No inverno seguinte, Gerald exibiu sua "miniatura em escala gigantesca" do mecanismo de um relógio de pulso, de 1,80 m x 1,80 m, e seu quadro *proto-pop* intitulado *Razor* [Lâmina de barbear] na importante mostra L'Art d'Aujourd'hui [a arte de hoje], em Paris.) Mas Cabo de Antibes tinha passado a ser a sua base permanente. Murphy transformou o casebre de um jardineiro em um ateliê, onde trabalhava várias horas por dia. Outra pequena casa de campo, ou *bastide*, dentro da propriedade, tinha sido convertida em uma casinha de hóspedes. As crianças – então com seis, cinco e três anos – ficaram extasiadas com as novas acomodações. À maioria dos amigos dos Murphys parecia que aquela vida que o casal almejara criar para si, com tanta imaginação, tinha finalmente tomado sua verdadeira forma e ritmo.

Antibes

Os filhos chamavam Gerald de "Dau-dau" e adoravam os rituais cotidianos. A alegria esfuziante de Sara encantava Scott Fitzgerald, que uma vez descreveu seu rosto como "severo, adorável e compassivo".

Por que deveria eu pensar nos golfinhos no Capo di Mele?
Por que deveria eu me lembrar da vela do barco inflada,
E da colina ao fundo de Saint-Tropez, e de sua mão ao leme?
— Archibald MacLeish, "Carta americana",
poema dedicado a Gerald Murphy

As pessoas mais próximas dos Murphys consideravam quase impossível descrever aquela característica especial da vida deles, ou o encanto que ela tinha aos olhos dos amigos do casal. A beleza de seu jardim perfumado, com vista para o para o mar em direção a Cannes e às montanhas mais além; os discos da enciclopédica coleção de Gerald (que continha de tudo, de Bach ao último lançamento de jazz); a comida deliciosa — preparada e servida com requinte — que sempre parecia se revelar no momento certo e nas exatas condições necessárias para destacar suas melhores qualidades (pratos provençais, em sua maioria, com legumes e frutas do quintal dos Murphys, embora houvesse sempre um prato típico americano, como ovos *poché* ao creme de milho); a atenção dedicada a cada detalhe das preferências dos convidados, um cuidado que, por sua vez, trazia a Murphy um prazer evidente; a beleza e o humor pungentes de Sara, e a imensa alegria que ela obtinha da vida e dos amigos; os três filhos lindos que, como todas as crianças que habitam um mundo muito particular e especial, pareciam ficar completamente à vontade na companhia dos adultos – Honoria, que se assemelhava a uma pintura de Renoir e se vestia de maneira condizente; Baoth, robusto e atlético; e Patrick, extremamente gentil, e de uma imprevisível genialidade que o fazia parecer "mais com Gerald do que o próprio Gerald" – tudo isso contribuía para uma atmosfera de que todos se sentiam maravilhosamente privilegiados em compartilhar. "Uma festa na casa dos Murphys tinha seu próprio ritmo, e nunca havia uma nota destoante", disse Gilbert Seldes. "Os dois amavam entreter e estar na companhia de outras pessoas."

O centro disso tudo era o próprio casamento dos dois, que parecia amiúde a mais encantadora de todas as criações dos Murphys. "A união deles era inabalável", segundo Dos Passos. "Os dois se complementavam e se apoiavam de uma maneira absolutamente notável." Como acontece em muitos bons casamentos, no entanto, o dos Murphys era, sob muitos aspectos, uma combinação de opostos. Sara não se interessava por roupas e não precisava fazer nenhum esforço para estar elegante; tinha uma beleza natural, com seus cabelos lisos e bastante claros, em dado momento cortados curtos em estilo *bob* (quando a Sra. Patrick Campbell chegou para passar algumas semanas na *bastide* de hóspedes e viu os cabelos curtos de Sara, virou-se para Gerald e disse, em tom falsamente trágico, "Imagine! Todo aquele peso tão suave se foi!"). Sara era franca, direta, até ríspida às vezes; dizia o que pensava, e jamais bajulava alguém. "Sara é incorruptível", comentou certa vez a Sra. Winthrop Chanler, admirada. "Nunca a vi dizer qualquer coisa tola ou indiferente." Ainda assim, com toda a sua franqueza, Sara abraçava a vida e os amigos com generosidade, deliciava-se com ambos e raramente ficava irritada. Como Stella Campbell, ela "não se incomodava muito com o que as pessoas faziam, desde que não fosse na rua, para não assustar os cavalos".

Percebia-se que o estilo de Gerald era construído de forma mais consciente. "Sara é apaixonada pela vida e cética em relação às pessoas", ele disse certa vez a Scott Fitzgerald. "Eu sou o contrário. Acredito que precisamos fazer determinadas coisas na vida para torná-la mais tolerável." A boa aparência céltica de Gerald; seus trajes elegantes, que em qualquer outro homem pareceriam um pouco afetados; e sua extremada atenção a sutis variações de sentimentos funcionavam como barreiras à intimidade, de tal modo que Fitzgerald certa vez o acusou de "afastar as pessoas usando seu charme". "Ah, Gerald às vezes também se comportava de maneira um tanto ridícula naqueles tempos", lembrou-se um dos amigos do casal. "Ficava entusiasmado demais com alguma ideia, como, por exemplo, o pacifismo, e então saía perguntando a todos se era *realmente* necessário matar pessoas. E adorava falar usando aforismos: 'Acredito que a melhor maneira de educar as crianças é mantê-las confusas', ele dizia, e então ficava repetindo. Outras vezes, ficava mais tranquilo. Sempre foi a pessoa mais irlandesa que já conheci, de modo que, quando recaía sobre ele alguma indisposição, ficava absolutamente inacessível. Mas conseguia ser incrivelmente cativante quando queria, o que acontecia quase sempre. Passava a todos a impressão de estar fazendo de tudo para agradar, e sempre com o maior bom gosto".

MacLeish ainda deixou claro que o bom gosto que os Murphys aplicavam em suas vidas era aquele com sentido positivo, não apenas antônimo de mau gosto. "Gerald podia apontar algo que você nem tinha notado e fazê-lo enxergar o quão interessante era aquilo", disse MacLeish. "Por exemplo, ele sabia tudo a respeito dos primórdios da arte popular americana muito antes de os museus começarem a fazer seus acervos, e ainda era capaz de citar as cidadezinhas do litoral da Nova Inglaterra onde você podia encontrar velhos galos dos ventos ou placas pintadas. Tinha a capacidade de sempre enriquecer a vida das pessoas com coisas que havia descoberto – como aqueles antigos *spirituals* dos negros, ou sua coleção de raras gravações das primeiras canções do oeste americano, que Nicholas Nabokov usou quando fez a música para o nosso balé *Union Pacific*. Gerald não tinha nenhum interesse por poesia até que o apresentei a Gerard Manley Hopkins, e aquilo então o despertou; passou a afixar todas as manhãs algum poema de Hopkins no espelho enquanto fazia a barba, e era capaz de recitar muitos deles. Em retribuição, ele me levou de volta a Wordsworth, a quem eu tinha abandonado muito tempo antes e considerava profundamente chato. Apenas quatro versos ele viu, mas que efeito eles tiveram!"

No início da década de 1920, Antibes ainda era uma modorrenta aldeia provinciana. O serviço telefônico fechava por duas horas ao meio-dia e deixava de funcionar de vez das sete da noite até a manhã seguinte.

O cinema local só abria uma vez por semana e tinha um pianista que tocava com um cigarro pendurado na boca; Léger adorava aquele lugar, que ele dizia que tinha "cheiro de chulé". Havia um novo e modesto cassino em Juan-les-Pins, onde os Murphys e seus amigos às vezes iam à noite. Os dias longos e calmos se resumiam à praia, ao jardim e ao porto, onde, de 1925 em diante, os Murphys sempre mantiveram um barco. Adoravam navegar e tiveram diversas embarcações, começando com um pequeno veleiro, o *Picaflor*, passando em seguida a outro maior, batizado de *Honoria*, e terminando com a escuna de 100 pés *Weatherbird*, projetada e construída por um integrante do balé de Diaghilev, Vladimir Orloff, que tinha se apegado à família Murphy em Paris e passou a morar em Antibes quando eles construíram a Villa America. Orloff, filho de um nobre russo que gerenciava a conta bancária pessoal da czarina, viu o pai ser morto pelos bolcheviques logo depois da Revolução de Outubro. Fugindo da Rússia, acabou chegando à França, onde, como tantos *émigrés* russos brancos, passou a gravitar em torno de Diaghilev. Trabalhava na companhia como cenógrafo, mas seu verdadeiro dom, depois de passar a infância nos iates do avô no Mar Negro, era a arquitetura naval. Projetou a *Weatherbird* seguindo os modelos dos *clippers* americanos, que ele considerava os veleiros mais lindos já lançados. *Weatherbird* era como se chamava um disco de Louis Armstrong, e os Murphys mandaram gravar o nome na quilha da escuna.

A vida na Villa America era movimentada demais para que qualquer tipo de rotina se estabelecesse.

Os Murphys sempre tinham hóspedes, fosse na *bastide*, fosse na Ferme des Orangers [fazenda das laranjeiras], uma estrebaria de jumentos que eles tinham transformado em um chalé inteiramente mobiliado e que ficava em um laranjal em frente à *villa*, do outro lado da estrada. (Robert Blenchey, que passou um verão lá com a esposa e dois filhos, apelidou o lugar de "La Ferme Dérangée", ou "Fazenda da desordem".) Os Murphys também viajavam bastante, não apenas para Paris, mas por toda a Europa. Na primavera de 1926, foram com John Dos Passos e a esposa visitar os Hemingways em Schruns, nos Alpes austríacos. Esquiar era uma atividade que começava a se popularizar na Europa. Hemingway a adotara com seu habitual entusiasmo e vitalidade, e ficou muito bem impressionado com o rápido domínio de Gerald das técnicas de giro e virada.

Em julho, os Hemingways visitaram os Murphys em Antibes, e de lá foram os quatro a Pamplona para a *fiesta* julina, junto com Pauline Pfeiffer, uma amiga de Hadley Hemingway, que era editora da *Vogue* e logo se tornaria a segunda esposa do escritor. Ficaram no Hotel Quintana, em quartos de frente para os dos grandes toureiros Villalta e Niño de la Palma. Hemingway era bem conhecido de visitas anteriores a Pamplona, e por isso – e também por serem os únicos americanos na cidade – o grupo se tornou o centro de amistosas atenções. "Bebíamos aquele xerez bastante seco e comíamos amêndoas assadas", contou Murphy, "e toda vez que nos sentávamos em algum lugar, ficávamos rodeados de espanhóis que despejavam o vinho de seus odres na boca de Ernest. Uma noite, uma multidão de repente se formou em volta de mim e Sara, gritando 'Dansa Charles-ton, dansa Charles-ton!'. Ernest os tinha instigado a fazer aquilo. Na época, o charleston era uma febre nos Estados Unidos, mas ainda não havia se espalhado pela Europa. Sara e eu tínhamos acabado de aprender os passos naquele mesmo verão, com uma trupe de dançarinos itinerantes que aparecera no cassino de Juan-les-Pins. Nós os convidamos para almoçar e eles ensinaram os passos para as crianças e para nós. Então, bem ali, no meio da praça em Pamplona, ao som de uma pequena banda de metais tocando uma imitação de jazz, com a multidão indo à loucura, nos levantamos e demos uma demonstração da dança".

Hemingway também coagiu Gerald a entrar na praça de touros. "Quando você estava com Ernest e ele sugeria que você tentasse alguma coisa, não havia como recusar", Gerald contou em tom sério. "E ele sugeriu que eu pusesse à prova minha coragem na arena com os touros mais jovens. Entrei com minha capa de chuva e então comecei a balançá-la, e de imediato aquele animal – era só um novilho mesmo, com os cornos envoltos em pano, mas eu o via do tamanho de uma locomotiva – veio para cima de mim a toda velocidade. Obviamente, fiquei tão aterrorizado que apenas me postei parado lá, segurando a capa na minha frente. Ernest, que estava cuidando de longe para que eu não tivesse nenhum problema, gritou 'Segure a capa de lado!'. E assim, milagrosamente, no último instante, passei a capa para a esquerda e o touro se desviou para cima dela e correu ao meu lado. Ernest ficou extasiado. Disse que eu tinha feito uma manobra chamada *verónica*. O próprio Ernest, enquanto isso, estava esperando para enfrentar um dos maiores touros, e muita gente tinha ido lá para vê-lo. Quando por fim atraiu a atenção do touro que queria enfrentar, o animal foi para cima dele. Só que ele estava sem nada nas mãos. Assim que o touro chegou bem próximo, ele se jogou em cima dos cornos e pousou nas costas do animal, e ficou lá em cima olhando para o rabo do bicho. O touro cambaleou por mais alguns passos e então desabou sob o enorme peso de Ernest. Depois disso, para grande alívio meu, voltamos para nossos lugares na arquibancada."

Muito embora Hemingway adorasse Sara, ele parecia ter algumas reservas com relação a Gerald. Costumava julgar os homens a partir de seus próprios padrões rigorosos de masculinidade (seu comentário favorito durante aquele verão, quando encontrava alguém que ele admirasse, era "Você vai gostar dele – ele é durão"), e Gerald, apesar de sua habilidade com os esquis e com os touros, talvez não fosse durão o suficiente para atender aos padrões do escritor. Ao mesmo tempo, Gerald sempre sentiu que havia uma competitividade tácita por parte de Hemingway. Gerald se referia a Honoria não pelo nome, mas como "filha", e, às vezes, também usava a mesma palavra com outras mulheres mais jovens com quem tinha criado alguma intimidade – inclusive com Pauline Pfeiffer. Logo notou que Hemingway também tinha passado a chamar Pauline de "filha", e que ele não gostava que Gerald fizesse o mesmo. Em mais de uma ocasião, quando Gerald expressou alguma opinião ou pensamento dos quais o escritor compartilhava,

Hemingway disse, com certo ressentimento: "Vocês irlandeses sabem de coisas que nunca conquistaram o direito de saber". Devido a esse clima que perpassava a relação, Gerald nunca foi tão próximo de Hemingway quanto foi de Scott e Zelda Fitzgerald.

Os Fitzgeralds e os Murphys tinham se encontrado bastante em Paris no inverno de 1925-1926, um tempo em que Gerald e Sara assumiram, meio a contragosto, o papel de amigos-guardiões do casal. Dez anos mais velhos que os Fitzgeralds, eles assistiam às extravagantes estripulias de Scott e Zelda com um misto de tolerância bem-humorada e sincera preocupação, enquanto os Fitzgeralds, de seu lado, faziam tudo o que podiam para chocar os Murphys. Scott não suportava passar despercebido. Se sentisse que Sara não estava dando atenção suficiente a ele, fazia algo para provocá-la. Certa tarde, em Paris, quando estava em um táxi com Sara e Zelda, ele tirou do bolso algumas notas imundas de cem francos e começou a enfiá-las na boca e mastigá-las. Sara, cujo pavor de germes era tão intenso que sempre revestia as cabines de trem com os próprios lençóis quando viajava com a família, ficou horrorizada.

Desde o começo, a amizade entre os dois casais era inusitada. Eles não tinham quase nada em comum, a não ser grande afeição mútua. Nem Scott nem Zelda pareciam se interessar por arte, música, balé ou mesmo pela literatura da época; Scott conhecia os escritores americanos em Paris, e passou boa parte de seu tempo naquele inverno trabalhando para que Hemingway fosse reconhecido, mas conheceu poucos europeus e só aprendeu algumas palavras em francês, as quais não fazia qualquer esforço para pronunciar corretamente. Os aspectos mais simples da vida dos Murphys em Antibes – o fato de que cultivavam uma vida de satisfação dos sentidos mundanos – nunca tiveram qualquer apelo para Scott Fitzgerald. Ele mal reparava no que comia ou bebia. Mantinha distância do sol tanto quanto podia, e sua pele nunca perdeu a palidez de um cadáver. Quando os outros iam nadar na praia, Scott apenas se levantava, dava uma corrida rápida na água rasa e saía logo. Nunca demonstrou qualquer curiosidade pela pintura de Murphy, que considerava mero passatempo. Gerald, por sua vez, não se impressionava muito com o Fitzgerald escritor. Não via nada de mais em *O grande Gatsby* (mas Sara sim), e nenhum dos dois lia os contos de Fitzgerald que estavam sendo publicados – sem frequência definida – no *Saturday Evening Post*. "O escritor que levávamos a sério era Ernest, não Scott", confessou Murphy. "Creio que isso acontecia porque o trabalho de Ernest era mais atual e novo, enquanto o de Scott não."

Nada disso, entretanto, parece ter interferido no espontâneo apreço entre eles. "Nós quatro nos comunicamos pela mera presença, em vez de por qualquer outro meio", escreveu Murphy para os Fitzgeralds em 1925. "Existe um fluxo entre nós a despeito de qualquer outra coisa: Scott chama a minha atenção para as qualidades de Sara, assim como Sara as enxerga em Zelda graças à estima que tem por Scott". Ao voltar seu olhar para aquela amizade anos depois, os Murphys ressaltaram sua estima por Zelda, cuja singular e caprichosa beleza, por algum motivo, nunca foi devidamente captada pelas fotos que existem dela. "A beleza dela estava toda nos olhos", Gerald disse sobre Zelda. "O olhar dela era bastante penetrante, impassível como o de um guru indiano. Ela sabia gesticular de maneira muito graciosa, com seu corpo alto e magro, e tinha excelente noção de sua própria aparência e do que combinava bem com ela – vestidos longos e elegantes, cores vivas. Sua flor preferida era a peônia. Nós as tínhamos em nosso jardim, e Zelda sempre apanhava algumas e as prendia no vestido, e aquilo combinava muito com ela".

Como Sara, Zelda tinha estilo próprio, que guardava pouca relação com a moda de então. Ocasionalmente, já nessa época, ela fazia coisas estranhas. Um dia, ela e Sara estavam sentadas à mesa no cassino de Juan-les-Pins, sozinhas, quando um homem que Sara conhecia se aproximou para cumprimentá-la. Zelda deu seu lindo sorriso habitual e delicadamente sussurrou uma praga de seus tempos de escola no Alabama – "Espero que você morra no círculo de bolinhas de gude" –, mas não alto o suficiente para que o homem ouvisse, e ele pensou que ela estivesse apenas fazendo as mesuras de costume. Em outra ocasião, tarde da noite, Zelda se levantou da mesa do cassino onde estava com Scott e os Murphys e começou a dançar sozinha ali mesmo no salão, com a saia levantada acima da cintura. Surpresos a princípio, os Murphys e os demais logo perceberam que ela não dançava para ninguém além de si mesma, tão inocentemente absorta quanto uma criança. "O estranho é que não importava o que ela fizesse – mesmo as coisas mais ousadas e assustadoras –, ela sempre conseguia manter a dignidade", disse Sara. "Era uma boa pessoa, e nunca achei que tenha sido ruim para Scott, como alguns já disseram". O apreço dos Murphys por Zelda às vezes aborrecia Scott, que então exigia saber se eles "gostavam mais dela do que de mim".

O verão de 1926, que começara tão alegre, acabou com um duro golpe na relação dos dois casais. Os Fitzgeralds tinham alugado uma *villa* em Juan-les-Pins, e sua ânsia diária por emoções fortes – aquele desejo irrefreável de fazer as coisas acontecerem ao seu redor onde quer que estivessem – encontrou mais formas de se manifestar do que no verão anterior. A Riviera já não era mais o calmo refúgio de verão daquele 1923. Estava repleta de americanos, para começo de conversa. Alguns eram ou se tornariam amigos dos Murphys: o casal Charles Brackett e os dois filhos; Alexander Woollcott; os MacLeishes; o casal Philip Barry (Barry algum tempo depois usaria o terraço dos Murphys como cenário de sua peça *Hotel Universe*). Mas também havia uma porção de gente que eles não conheciam. O Hôtel du Cap ficou lotado, e a pequena praia de Garoupe agora tinha uma fileira de cabines para os banhistas.

A vida dos Murphys ainda girava em torno dos filhos e do lindo jardim, e eles não participavam das estripulias que os Fitzgeralds continuavam inventando, como sequestrar garçons e ameaçar serrá-los ao meio. Mesmo assim, os Murphys, com seus filhos e seus hóspedes, sua conversa agradável e seu ritual de xerez seco e biscoitos doces no meio da manhã, eram geralmente o centro dos acontecimentos do dia na praia que Gerald voltara a frequentar. Longe de esnobar os recém-chegados, ele em geral arranjava para, como Fitzgerald depois escreveria sobre Dick Diver, "extrair o máximo de material disponível" de todos os encontros. Naquele verão, Gerald e Monty Woolley ficaram encantados com Sir Charles Mendl, um cavalheiro de fala tão impenetravelmente britânica que, com frequência, se tornava difícil entender uma palavra do que dizia. Certa manhã, os dois pediram que ele explicasse o que os ingleses queriam dizer quando chamavam alguém de *patife*. Depois de um tempo considerável de reflexão, Sir Charles soltou: "Oh, diabos, um patife é apenas alguém que te deixa com os dedos do pé todos encarquilhados!". Mendl depois apareceria em *Suave é a noite* na forma do homossexual Campion, em uma descrição desabonadora e extremamente incorreta.

Os Murphys pareciam, em todos os aspectos, ditar o estilo do lugar, mesmo em detalhes como as roupas que as pessoas usavam. Gerald, que sempre se interessara por roupas "funcionais", adotara para si as vestimentas tradicionais dos marinheiros franceses, compostas de camisa estilo *jersey* e caxangá branco, que ele comprara em uma loja de artigos para marinheiros; junto com as calças brancas de algodão, esse passou a ser uma espécie de uniforme de Cabo de Antibes naquele verão. Gerald e Sara procuravam pequenos restaurantes na área rural e cafés nas montanhas, e, por gostarem de compartilhar suas descobertas com os amigos, outras pessoas ficavam sabendo daqueles lugares e passavam a ir também.

O comportamento de Fitzgerald diante do estilo de vida dos Murphys, e sobretudo quanto a Gerald, tinha se tornado de certa forma dúbio. Sua afeição por Sara era quase uma paixão. Sentado à mesa de jantar, ele olhava fixamente para ela por longos minutos, e, se ela não o notasse, ele exigia: "Sara, olhe para mim". Sara levava isso na brincadeira. "Scott era apaixonado por todas as mulheres", ela disse certa vez. "Às vezes, tentava roubar um beijo quando estávamos em um táxi, mas o que é um beijinho entre amigos, não é?". Zelda, cujas crises de ciúme eram notórias, nunca teve ciúmes de Sara. Quanto a Gerald, Scott às vezes deixava transparecer uma admiração por ele, absoluta e imponderada. Julgando que o bom gosto do amigo mais velho se aplicava a todas as áreas, chegava a pedir a ele conselhos sobre temas literários. Ao mesmo tempo, Fitzgerald parecia ter uma constante compulsão por ridicularizar o estilo elegante de Murphy. "Acho que você deve ter planejado algo especial para fazermos hoje", zombava ao encontrar Murphy na praia. Certa vez, no terraço da Villa America, Murphy levantou a mão e disse, com debochada grandiloquência: "Ouço um motor a pistão na porta de casa". Fitzgerald o cortou: "Deus, esse tipo de comentário mostra como você está ultrapassado". Muito embora Fitzgerald fosse inteligente o bastante para entender que Murphy não era alguém fútil, jamais compreendeu plenamente o elegante dandismo das roupas dele, seus assuntos e seus modos; e aquilo que ele não entendia às vezes o irritava.

A ambivalência de Fitzgerald com relação aos Murphys provavelmente tinha a ver com sua falsa percepção de que o casal fosse mais rico do que de fato era. Em seus pensamentos, sabia-se bem que Fitzgerald sempre revestia as pessoas ricas em uma complexa aura de ilusões e emoções; certa vez, em carta a Edmund Wilson, ele descreveu os Murphys, ao lado de Tommy Hitchcock, como "seus únicos amigos ricos". Parecia não entender o abismo que existia entre o estilo de vida dos Hitchcocks e o dos Murphys. Com frequência perguntava a Murphy, com seu jeito ingênuo, qual era a renda anual do casal, e, quando Murphy tentava explicar que eles não viviam inteiramente de renda – e que apenas gastavam o quanto queriam e estavam sempre reduzindo suas reservas –, Fitzgerald simplesmente fazia uma expressão vazia de quem não estava entendendo. Scott e Zelda viviam de maneira pobre em meio a muito dinheiro; os Murphys viviam extremamente bem com consideravelmente menos. Não tinham amigos ricos e até se esforçavam para evitar o tipo de gente abastada da sociedade que começava a frequentar Cannes e Nice no verão. A ojeriza que tinham pelo que Gerald chamava de "*extrema* sociedade" tinha, inclusive, levado Sara a distanciar-se de sua irmã solteira Hoytie (Mary Hoyt Wiborg) cujos amigos da nobreza britânica os Murphys se recusavam a receber em casa.

Mas o dinheiro dos Murphys vinha de herança, e eles tinham mais capital do que a maioria das pessoas de seu convívio; como viviam *mesmo* muito bem, a amizade de Fitzgerald por eles se misturava à animosidade e ao assombro que ele nutria pelos muito ricos. Quando bebia demais, como vinha fazendo com frequência naquele verão, tal hostilidade assumia forma mais concreta. Tratou com desdém uma festa com champanhe e caviar que os Murphys ofereceram uma noite no cassino de Juan-les-Pins, e se dispôs a arruiná-la deliberadamente. "Fez toda sorte de comentários depreciativos à própria noção de 'festa de champanhe e caviar', porque ele mesmo, evidentemente, considerava aquilo o auge da afetação", lembrou Murphy. "Estávamos todos sentados a uma grande mesa no terraço – os MacLeishes e os Hemingways e outros. Quando uma bela jovem acompanhada de um homem bem mais velho se sentou à mesa ao lado, Scott virou sua cadeira de frente para eles e começou a encará-los fixamente, e assim ficou até que a moça se irritou tanto que precisou chamar o *maître*. Mudaram-se para outra mesa. Scott então começou a atirar cinzeiros na mesa do outro lado de onde estávamos. Jogava um e se dobrava de rir; tinha realmente um senso de humor um tanto chocante, juvenil e... bem, de mau gosto. O *maître* foi chamado outra vez. A situação ficou tão desagradável que eu não pude mais suportar, então me levantei e fui embora da festa. Scott ficou furioso comigo por isso".

Não muito tempo depois, os Murphys deram uma festa na Villa America que pode ter servido – e provavelmente serviu mesmo – de modelo para o famoso jantar dos Diver em *Suave é a noite*. Mais uma vez, Fitzgerald parecia tomado de alguma compulsão por estragar aquela noite que ele depois recriaria com tanta sensibilidade no romance. Começou já de maneira pouco promissora ao se aproximar de um dos convidados, um jovem escritor, e perguntar em voz alta e em tom jocoso se ele era homossexual. O rapaz calmamente respondeu "Sou", e

Fitzgerald se recolheu em um constrangimento apenas temporário. Quando a sobremesa foi servida, Fitzgerald pegou um figo de uma bacia de *sherbet* de abacaxi e o jogou na princesa de Caraman-Chimay, que era hóspede de uma amiga e vizinha dos Murphys, a Princesa de Poix. Acertou-a bem no meio das costas; ela apenas se retesou por um instante e então continuou conversando como se nada tivesse acontecido. Naquele momento, MacLeish chamou Fitzgerald para um canto, pediu que ele se comportasse e então recebeu sem aviso, mesmo após demonstrar tanta preocupação, um cruzado no queixo. Depois disso, Fitzgerald, talvez ainda acreditando que não tivesse chamado atenção o suficiente, começou a jogar as taças venezianas decoradas em ouro de Sara por cima do muro do jardim. Já tinha quebrado três quando Gerald o interrompeu. Quando a festa estava chegando ao fim, Gerald se aproximou de Scott (um dos últimos a sair) e o avisou de que não seria bem-vindo naquela casa pelas três semanas seguintes, punição que foi respeitada.

Ainda que tais incidentes já fossem suficientemente desagradáveis, os Murphys estavam ainda mais incomodados com o rápido processo de autodestruição dos Fitzgeralds. A produção de Scott estava praticamente paralisada. Muito embora comentasse a respeito do novo romance que estava escrevendo (o livro que viria a ser *Suave é a noite*, após oito anos e inúmeras revisões), ele parecia nunca trabalhar de fato. Fitzgerald não escreveu conto algum entre fevereiro de 1926 e junho de 1927. Estava quase sempre deprimido e inseguro com relação ao próprio talento, e seu problema com a bebida se agravava.

A maior parte das espetaculares confusões dos Fitzgeralds durante aquele verão – confusões que passaram a ser veneradas no cânone dos Fitzgeralds pelos biógrafos – foi de natureza flagrantemente autodestrutiva: Zelda se atirou do alto de uma escadaria de pedra porque Scott foi prestar seus cumprimentos a Isadora Duncan na mesa ao lado; ao voltar de um jantar com os Murphys em um restaurante em Saint-Paul-de-Vence, Scott e Zelda levaram seu carro para os trilhos de um bonde e adormeceram ali mesmo, até que, na manhã seguinte, um fazendeiro os viu e tirou o carro do caminho poucos minutos antes de o bonde passar; Zelda se jogou sob as rodas de seu próprio carro depois de uma festa e implorou que Scott passasse por cima dela, o que ele de fato fez menção de fazer. O comportamento de ambos afastou um bocado de gente naquele verão, mas os Murphys se mantiveram ao lado deles e se preocupavam profundamente com o casal. "O que adorávamos em Scott", disse Gerald, "era aquela parte dele de onde vinha seu talento e que nunca ficava totalmente escondida. Havia momentos durante os quais ele não estava atormentado nem tentando chocar, momentos em que ele era gentil e calmo, e ele então contava o que realmente pensava das pessoas, e até se perdia ao tentar definir o que sentia por elas. Aqueles eram os momentos nos quais se podia ver a beleza de sua mente e de sua natureza, e aquilo nos compelia a amá-lo e a valorizá-lo".

Os Fitzgeralds voltaram aos Estados Unidos em dezembro, e os Murphys tiveram "uma primavera calma e maravilhosa", como Sara descreveu em uma carta para

Scott e Zelda, "seguida de um rápido giro pela Europa central com os MacLeishes". "Mas não pudemos ir até a Rússia, como queríamos", ela acrescentou, "já que, quando finalmente conseguimos os vistos de entrada, a temporada teatral tinha terminado e a neve já começava a derreter, sem falar no início da temporada de execuções". O verão de 1927 também foi relativamente calmo sem os Fitzgeralds por perto para pajear. Murphy pintou continuamente durante todo o verão. Léger chegou e se hospedou na *bastide*, sem a esposa para atrapalhar. "A mulher de Fernand, Jeanne, era uma dominadora", revelou Gerald. "Sempre gostamos dela, mas ela tinha um jeito provocador e sarcástico que ele considerava insuportável. Mas ela, às vezes, sabia ser bem engraçada. Em uma ocasião, ele a levou a um sarau na casa da Princesa de Polignac, em Paris, um evento fabuloso com a presença de todos os grandes nomes da época. Como de costume em tais ocasiões, Léger estava sério e taciturno. Quando chegou o momento de ouvirmos a óperaoratório que a princesa tinha patrocinado – o *Édipo-rei*, de Stravinsky –, Jeanne Léger, que estava sentada ao nosso lado usando um vestido branco, com os ombros descobertos, de repente começou a coçar os braços furiosamente e nos disse em voz bem alta: 'A casa da Princesa de Polignac tem pulgas como qualquer outro lugar!'. O pobre Fernand ficou horrorizado."

Os Fitzgeralds tinham se acomodado nos arredores de Wilmington depois de uma breve e agitada passagem por Hollywood, e as notícias que mandaram, assim como as que circularam a respeito deles, não eram nada tranquilizadoras. Mas, quando decidiram passar o verão de 1928 na Europa, os Murphys adoraram a ideia. "Vai ser ótimo revê-los, porque gostamos muito de vocês", escreveu Murphy. "O fato de nem sempre concordarmos não interfere em nada."

Mas ninguém teve como concordar com nada vindo de Scott e Zelda naquele verão. A bebedeira de Scott estava pior do que nunca. A súbita decisão de Zelda, aos 28 anos, de se tornar bailarina profissional, era motivo de constante atrito entre o casal, muito embora Scott, pelo menos na aparência, apoiasse os esforços dela e tivesse pedido a Murphy para conseguir aulas com Madame Lubov Egorova, diretora da escola de balé da trupe de Diaghilev. Para os filhos dos Murphys, no entanto, o verão foi encantador. O auge foi um passeio de noite inteira no veleiro *Honoria* até uma enseada depois de Saint-Tropez, onde Vladimir Orloff, escavando a areia para armar uma barraca, "descobriu" um velho mapa com instruções detalhadas, escritas em francês arcaico, que os levou a várias outras pistas e, finalmente, com um entusiasmo à beira do insuportável, até à escavação de uma arca contendo relógios de corda, bússolas, lunetas e (para Honoria) um sem-número de reluzentes joias antigas e bijuterias. Honoria contaria depois que só anos mais tarde as crianças desconfiaram da autenticidade da "descoberta".

Em uma visita aos Estados Unidos no final do outono de 1928, a família Murphy cruzou o país de trem até Hollywood, onde Gerald prestou serviços como consultor de King Vidor no filme *Aleluia,* com elenco só de negros. Fitzgerald tinha comentado com Vidor a respeito da coleção de antigas canções e *spirituals* dos negros de Gerald, e o diretor quis usar aquele material no filme. Não foi uma empreitada muito bem-sucedida; Hollywood estava então em plena transição dos filmes mudos para os falados – o próprio *Aleluia* tinha passado para a produção em som direto no meio das filmagens – e a confusão foi enorme. O que salvou o dia para os Murphys, entretanto, foi o encontro com Dorothy Parker e Robert Benchley, que os puseram a par do romance entre o empresário William Randolph Hearst e a atriz Marion Davies e da grotesca vida social de Hollywood.

O verão seguinte, de volta à Villa America, foi um dos mais felizes que os Murphys tiveram, repleto de alegria e de bons amigos. Os Benchleys foram visitá-los acompanhados de seus dois meninos, assim como Dorothy Parker, Donald Ogden Stewart, Ellen e Philip Barry e muitos outros. Honoria Murphy, então com doze anos, se lembra de olhar pela janela de seu quarto para o terraço abaixo, vendo as flores e a comida deliciosa e as mulheres em seus vestidos bordados, e pensar em "como tudo combinava, e como eu só queria que aquilo durasse para sempre". Os Fitzgeralds também estavam de volta, como fantasmas em um banquete. Dilacerados e assombrados pelas angústias pessoais, teriam sido más companhias em qualquer situação. Mas agora havia uma nova tensão em sua relação com os Murphys. Scott tinha resolvido usar Sara e Gerald como personagens principais de seu romance, e então os "estudava" abertamente. Seus métodos não eram nada sutis. "Ele nos fazia perguntas constantemente, de uma maneira invasiva e irritante", disse Gerald. "Perguntava coisas como qual era realmente a nossa renda, como eu tinha entrado na fraternidade Skull and Bones, e se Sara e eu tínhamos morado juntos antes de nos casarmos. Eu não conseguia levar a sério a ideia de que ele queria escrever sobre nós – por algum motivo, não acreditava que qualquer coisa pudesse advir de perguntas como aquelas. Mas certamente me lembro dele me examinando com um ar superior e crítico de escrutínio, como se estivesse tentando descobrir quais eram minhas motivações. As perguntas irritavam Sara um bocado. Geralmente, ela dava alguma resposta ridícula só para que ele calasse a boca, e, por fim, a coisa toda acabou ficando intolerável. Uma noite, no meio de um jantar, Sara sentiu que já era o bastante. 'Scott', ela disse, 'você acha que, fazendo essa quantidade de perguntas, vai entender como as pessoas são, mas não é assim. Você na verdade não entende nada de gente'. Scott praticamente ficou verde. Levantou-se da mesa, apontou para ela e disse que ninguém jamais tinha ousado dizer *uma coisa daquelas* a ele, ao que Sara então perguntou se ele queria que ela repetisse, o que de fato fez".

Sara já vinha por muito tempo tendo a impressão de que Scott era ensimesmado demais para entender até as pessoas mais próximas, e ela não era a única a ter essa opinião. Hemingway o avisara em uma carta que ele tinha parado de ouvir as pessoas em volta, e que, como resultado disso, Fitzgerald vinha ouvindo apenas respostas às perguntas que ele próprio fazia. Sara descreveu sucintamente sua irritação em um bilhete para Scott, pouco depois do incidente à mesa de jantar:

> Você não pode esperar que ninguém aprecie ou suporte a constante sensação de ser analisado, e subanalisado, e criticado – em geral, de forma agressiva –, como tem sido conosco já há algum tempo. É uma sensação que certamente já ficou clara – e é um tanto desagradável. [...] Se você não entende como são as pessoas, então o problema é *seu*. [...] Mas você já *deveria saber, na sua idade,* que *não pode construir suposições a respeito dos amigos.* Se não consegue aceitá-los de coração e sem desconfiança, então eles não são seus amigos.

Em outro bilhete, Sara foi mais clara ainda.

> Não temos nenhuma dúvida da sinceridade do seu afeto (e *esperamos* que não duvide do nosso), mas a consideração pelos sentimentos, opiniões e mesmo pelo tempo das outras pessoas é algo que está *completamente* fora de seu caráter. [...] Você nem sequer sabe quem são Zelda e Scottie [filha dos Fitzgeralds], apesar de seu amor por elas. A nós (Gerald e eu), pareceu uma noite dessas que tudo o que você pensa ou sente a respeito delas gira em torno de *você mesmo.* [...] Como amiga, sinto-me na obrigação sincera de escrever o seguinte: a capacidade de entender como outra pessoa se sente em dada situação é algo que pode construir – ou destruir – vidas.
>
> Sua irritante mas dedicada e um tanto sábia velha amiga,

> Sara

Fitzgerald nunca respondeu, mas, alguns anos depois, em uma longa carta maculada por sua grafia sempre problemática, procurou dizer a Sara um pouco do que a amizade dela significava para ele:

Querida Sara,

Hoje, uma carta de Gerald, enviada há uma semana, contando isso e aquilo sobre a horrível música de órgão que se ouve à nossa volta, me fez pensar em você, e digo *realmente pensar* (você, dentre todas as pessoas deste mundo, sabe bem a diferença). Em minha tese, bastante a propósito da de Ernest, a respeito de ficção — qual seja, a de que é preciso reunir características de meia dúzia de pessoas a fim de se construir uma síntese forte o suficiente para criar um personagem de ficção —, por essa tese, ou talvez apesar dela, usei você repetidamente em *Suave*:

"O rosto dela era severo, adorável e compassivo".

e outra vez em:

"Ele vinha, há anos, oprimido e acovardado pelo amor que sentia por ela."

— nesses e em centenas de outros trechos, tentei evocar não exatamente *você*, mas o efeito que causa nos homens — os ecos e reverberações —, uma retribuição um tanto modesta por tudo aquilo que você já me ofereceu com sua simples presença, mas ainda assim uma tentativa sincera de um artista (mas que palavra!) em preservar um verdadeiro fragmento em vez de um "retrato" feito pelo Sr. John Singer Sargent. E, algum dia, a despeito de todo o afetuoso ceticismo que você sentiu pelo impetuoso rapaz que conheceu na Riviera há onze anos, você me permitirá ter um cantinho de você no qual eu a entenderei melhor que qualquer outra pessoa — sim, melhor até que Gerald. E, se esse lugar for, por acaso, sua orelha esquerda (você detesta que alguém examine qualquer parte isolada sua, ainda que seja positivamente — e é por isso que sempre usou roupas de cores fortes), em noites de junho, às quintas-feiras, das 11h às 11h15, eis o que eu diria.

Que nenhuma das coisas que fez até hoje foi por nada. Se você perdesse tudo o que trouxe a este mundo – se suas obras fossem todas queimadas em praça pública, a lei das compensações ainda valeria (estou muito emocionado pelo que estou dizendo aqui para escrever tão bem quanto gostaria). Você é parte do nosso tempo, parte da história de nossa raça. As pessoas cujas vidas você tocou direta ou indiretamente reagiram ao conjunto de átomos que constitui você *de maneira positiva. Eu mesmo te vi, várias e várias vezes, em tempos confusos, escolher o caminho mais difícil quase sem pensar, pois, muito depois de sua capacidade de raciocínio já ter se esgotado, você se agarrou à noção de destemida coragem...*

Sei que você e Gerald são uma só pessoa, e é difícil separar um do outro em questões como, por exemplo, o amor e o apoio que vocês decidiram dar às pessoas cheias de vida, em vez de a outras, igualmente interessantes e menos exigentes, mas que estavam congeladas em rígidos rótulos. Não é por *essa* razão que a louvo – é pelo pequeno algo a mais, a pequena porção imensurável de um *milímetro*, aquela coisa lá no ponto mais alto que faz a diferença entre o campeão mundial e o segundo colocado, o breve olhar que você lançou para mim quando estava sentada no sofá com Archie e disse: "E... Scott!"

me envolvendo no ambiente, e mesmo com toda a compaixão de seu coração sugada pelos seus entes mais queridos, nenhuma outra pessoa neste mundo, a não ser você, teria reservado aquela pontinha a mais para oferecer [...]

Em casa

Em agosto de 1935, Gerald escreveu para Scott: "Hoje sei que é verdade o que você disse em *Suave é a noite*. Apenas a parte fantasiosa da nossa vida – a parte fictícia – teve algum planejamento, alguma beleza. A vida de verdade agora interveio, e violou, marcou e destruiu".

...o amor pela vida é, em essência, tão incomunicável quanto o luto.
— Scott Fitzgerald, em carta a Sara Murphy,
30 de março de 1936

O aviso que Sara deu a Scott foi profético, embora ela não suspeitasse naquela época de o quão rapidamente a vida dos Fitzgeralds rumava para a ruína. Scott e Zelda deixaram Antibes em outubro para passar o inverno em Paris, onde Zelda mergulhou cada vez mais na esquizofrenia que culminaria, em abril seguinte, em seu primeiro colapso nervoso. Entendendo ou não a doença de Zelda, o caso é que Scott viu muito bem o que estava acontecendo consigo mesmo, e, com sua sinceridade de escritor, encarou de peito aberto sua condição na concepção de Dick Diver. O longo "processo de decadência" de Dick tinha suas origens, como o de Fitzgerald, em uma fraqueza de caráter que era fatal. Diver, mais do que ser bom, gentil, corajoso e sábio, "queria ser amado". A deterioração do próprio Fitzgerald, até certo ponto, também podia ser atribuída àquela mesma falha, bem característica de americanos. O fato de que Fitzgerald admitia sua autoindulgência, e que, ainda assim, jamais tenha desistido de sua luta para se tornar um artista, confere à sua vida uma espécie de trágica dignidade.

Seria difícil acreditar que Fitzgerald algum dia tivesse considerado Gerald Murphy autocomplacente nesse mesmo sentido, ou que tenha atribuído a catástrofe que atingiu os Murphys em 1929 a qualquer outra coisa além de um golpe injusto do destino. Talvez a estranha ironia das circunstâncias o tenha mesmo convencido de que ele e Zelda e Gerald e Sara se identificavam de alguma forma — que fossem, de fato, "as mesmas pessoas". Mas não houve nada nos eventos que se seguiram que comprovasse tal noção. Em outubro de 1929, pouco depois de os Fitzgeralds irem para Paris, o caçula dos Murphys, Patrick, então com nove anos, teve uma febre persistente, que primeiro foi diagnosticada como bronquite e depois se descobriu que era tuberculose. Enquanto Sara e os demais ficaram em Antibes para fechar a casa, Gerald levou Patrick para um sanatório em Montana, nos Alpes suíços. Aquele vilarejo se tornaria o lar da família pelos dezoito meses seguintes.

Os Murphys fizeram de tudo para manter elevado o seu ânimo e o do filho durante aquela longa provação. Alugaram um chalé em uma montanha próxima do hospital e o decoraram com seu habitual bom gosto. Os amigos foram visitar — Hemingway, Dos Passos, Dorothy Parker (por seis meses), Donald Ogden Stewart e a esposa —, e Fitzgerald também aparecia com frequência, vindo de Prangins, comuna próxima de Genebra, onde Zelda tinha sido internada em uma clínica psiquiátrica.

Determinados a não sucumbir à atmosfera soturna do vilarejo, onde quase todos os habitantes sofriam de algum grau de tuberculose, Gerald e Sara compraram no lugar um pequeno e abandonado bar com uma pista de dança, redecoraram-no completamente em estilo americano e convenceram um quinteto de Munique a ir lá tocar música dançante nas noites de sexta e sábado. A família estudava mapas e planejava cruzeiros que faria pelo Mediterrâneo a bordo da *Weatherbird*, escuna que Vladimir Orloff estava construindo para eles e que Gerald tinha um dia desenhado em tamanho real com giz branco no gramado que se via da janela do quarto de Patrick no hospital. A recusa dos Murphys em se deixar abater era algo que comovia profundamente seus amigos. "A lembrança de uma noite com os alegres Murphys de Paris e Antibes naquele silêncio frio e rarefeito e naquela atmosfera de morte é uma das piores de minha vida", escreveu Stewart certa vez. "Mas sinto ainda mais orgulho deles por terem travado aquela luta para salvar Patrick do que por qualquer outra coisa que tenham feito em suas vidas. O caso é que eles não foram apenas as mais vivazes, as mais encantadoras e mais compreensivas de todas as pessoas; foram, também, no momento em que o telhado de sua casa dos sonhos desabou sobre a linda sala de visitas, as mais corajosas."

Os dois filhos mais velhos estavam longe, frequentando a escola durante a maior parte daquele período – Honoria em Paris e Baoth em Munique. Todos se reuniram no verão de 1931, quando Patrick ganhou permissão para deixar o sanatório por alguns dias. Os Murphys alugaram uma antiga casa de fazenda em Bad Aussee, no Tirol austríaco, para passar aquele verão, e Gerald cuidou para que os cinco fossem fotografados em *lederhosens* (bermudas de couro com suspensórios) e *dirndls* (vestidos com avental), trajes típicos da região. Fitzgerald trouxe Zelda de Prangins para uma "visita-teste" aos Murphys – era a primeira vez que ela saía da clínica em mais de um ano internada. Zelda sempre acreditara que os Murphys gostavam dela e a aceitavam pelo que era, como um indivíduo, e não apenas como esposa de Scott, e por isso respondeu bem à estadia com eles. Certa noite, durante o tempo em que ela esteve lá, a pequena Scottie Fitzgerald, então com menos de dez anos, procurou a mãe, chorando e reclamando de que tinha sido forçada a tomar banho na banheira com a mesma água que Patrick havia usado. Sara chamou a empregada, que explicou que os sais de banho que ela usava tinham deixado a água turva e levaram Scottie à conclusão errada. O incidente, que foi resolvido sem drama, apareceria depois em *Suave é a noite* como muitos outros que envolveram os Murphys.

Fitzgerald e Murphy tiveram uma longa conversa naquele outono a respeito das estranhas e lastimáveis mudanças pelas quais passaram. Estavam no trem que ia de Montana-Vermala a Munique, indo tirar Baoth da escola, depois de Gerald ter descoberto que o filho vinha sendo obrigado a fazer exercícios militares ao ar livre, usando apenas cueca, e a gritar "*Heil Hitler!*" com os outros alunos. "Scott percebeu que aquela tarefa seria difícil para mim", contou Gerald, "e perguntou se podia me acompanhar. Foi uma daquelas ocasiões em que o lado bom dele ficou mais evidente — foi atencioso, caloroso e ouviu o que eu tinha a dizer. Perguntou por que Sara e eu sempre fazíamos tudo diferente das outras pessoas. Nós nos vestíamos de maneira diferente, vivíamos de maneira diferente, dávamos festas diferentes e daí por diante. Lembro-me de dizer a ele que, para mim, apenas a parte fantasiosa da vida valia a pena, apenas a parte fora da realidade imediata. As coisas que aconteciam conosco — doenças, nascimentos, Zelda em Prangins, Patrick no sanatório, a morte do patriarca Wiborg —, tudo isso era real e nada se podia fazer a respeito. 'Você está dizendo que não aceita essas coisas?', Scott perguntou. Respondi que obviamente eu as aceitava, mas não considerava que fossem as coisas importantes da vida. O que conta não é o que fazemos no dia a dia, mas o que fazemos com nossas mentes, e, para mim, apenas as partes *fantasiosas* de nossas vidas tinham algum sentido". Aquelas palavras pareceram encontrar acolhida em Fitzgerald, que certa vez escreveu pensar na vida como algo que uma pessoa apenas conseguiria controlar se fosse muito boa. Fosse lá como fosse, Murphy disse, as pessoas precisavam aprender a enxergar a vida não somente pelo que ela tem de trágico.

Depois de um ano e meio na Suíça, todos pensaram que Patrick havia se curado, e os Murphys retornaram para Antibes e para a Villa America. Passaram mais dois anos lá, anos que foram, em certo sentido, um fechamento para a década que tinha terminado tão dissonante para tantas pessoas em 1929. Muitos dos amigos do casal tinham voltado para os Estados Unidos. Murphy não pintava mais. Tinha parado quando Patrick ficou doente, e jamais voltou a fazê-lo; deu as costas, de maneira tão definitiva, para o trabalho que tinha dado nova direção à sua vida, que passou até a se recusar a falar sobre o assunto, e se mostrava indiferente ao destino de seus quadros. (A Galeria Georges Bernheim, em Paris, concedeu a ele uma exposição individual em 1929; dos nove quadros expostos, quatro hoje estão perdidos e presume-se que tenham sido destruídos.) Os Murphys passavam boa parte de seu tempo velejando na nova escuna, a *Weatherbird*. Mas o mundo estava mudando, e a Riviera tinha perdido sua inocência. Ao se adentrarem por uma pequena baía italiana, um dia, foram cercados por um grupo de nadadores que gritavam "*Mare nostrum!*" (o brado fascista que dizia "Este mar é nosso!"). Quando desembarcaram, viram retratos de Mussolini afixados em todas as paredes. Em Antibes, o Hôtel du Cap tinha se transformado no Grand Hôtel du Cap, e seu novo e caro clube de natação Eden-Roc funcionava, de meados de junho a meados de agosto, como um anexo da colônia do cinema americano. "No mais belo paraíso dos banhistas no Mediterrâneo", escreveu Fitzgerald, "ninguém mais tomava banho de mar, a não ser por um rápido mergulho ao meio-dia para rebater a ressaca. [...] Os americanos se contentavam em ficar conversando no bar". Em 1933, os sintomas da doença de Patrick voltaram de repente e com mais gravidade, e os Murphys decidiram que era hora de voltar para casa. Venderam a *Weatherbird* (para um suíço, que foi preso depois da Guerra por usá-la para contrabandear ouro da Turquia para a França), fecharam a Villa America como se nunca mais fossem retornar e zarparam para Nova York. Jamais voltariam a viver ali.

Quando *Suave é a noite* foi lançado, em 1934, a era, os lugares e as emoções que o livro evocava pareciam um tanto distantes para os Murphys. Dick Diver não se assemelhava muito a Gerald, e, se é verdade que Fitzgerald tinha mesmo se valido de um grande número de detalhes, conversas e eventos da vida real, é verdade também que deixou de fora a maior parte dos elementos que mais importaram na vida dos Murphys na Europa: a efervescência do movimento modernista em Paris, os bons amigos, a luxuriante alegria de viver em Cabo de Antibes. Ainda assim, em uma carta gerada das profundezas de seu luto, em agosto de 1935, Gerald escreveu para Scott: "Hoje sei que é verdade o que você disse em *Suave é a noite*. Apenas a parte fantasiosa da nossa vida – a parte fictícia – teve algum planejamento, alguma beleza. A vida de verdade agora interveio, e violou, marcou e destruiu". Baoth, o filho mais velho dos Murphys, um jovem robusto e enérgico que praticamente nunca havia adoecido na vida, pegou sarampo no colégio interno que vinha frequentando naquela primavera, e, sem qualquer aviso, a doença evoluiu para uma meningite; ele morreu quase de imediato, antes que Sara e Gerald pudessem chegar ao colégio. "No fundo de meu coração, eu temia o dia em que nossa juventude e nosso mundo de fantasia seriam atacados em nosso único ponto vulnerável: os filhos", escreveu Gerald para Scott. "O quão horrível e arrasadora pode ser a vida, e como pode ser insensivelmente impiedosa." Um ano e meio depois, em janeiro de 1937, a longa batalha para salvar a jovem vida de Patrick terminou em um hospital na vila de Saranac Lake.

Uma das coisas que mantiveram Gerald Murphy diligente durante aqueles anos foi a necessidade de lidar com uma crise financeira em sua família. A Mark Cross, companhia da qual ele tinha conseguido escapar com tanta alegria anos antes, havia descido ladeira abaixo após a morte de Patrick Francis Murphy, em 1931, e estava agora com uma dívida de cerca de um milhão de dólares e sob pressão para declarar falência. Murphy foi obrigado a tomar para si a responsabilidade pela empresa. Ao assumir a gerência, exerceu total controle pelos 22 anos seguintes, durante os quais saldou as dívidas, transferiu a loja para a Quinta Avenida com a Rua 52 e pôs em prática sua imaginação e seu bom gosto a fim de vender diversos produtos novos, o que se provou deveras lucrativo. Mas aquele trabalho, ele dizia, nunca foi agradável e com frequência parecia uma forma de sonambulismo. "Há algo de peculiar em ser atingido por um raio duas vezes no mesmo lugar", escreveu para um amigo. "O navio afundou, foi içado, levantou velas novamente, mas não seguirá pela mesma rota nem para o mesmo porto."

Há um epigrama mordaz do poeta inglês George Herbert, do século XVII, de que Gerald Murphy certa vez tomou nota: "Viver bem é a melhor vingança". Nos anos seguintes ao seu retorno da Europa, os Murphys continuaram a viver tão bem quanto suas circunstâncias, agora um pouco mais restritas, permitiam, primeiro em Manhattan e depois em uma casa de pedra da época colonial, que eles restauraram, na pequena comunidade de Snedens Landing, no condado de Rockland, de frente para o rio Hudson. Mantiveram contato com seus velhos amigos, o casal Dos Passos, os MacLeishes, Dorothy Parker, Cole Porter. Quando um conhecido em comum informou a Picasso, em 1962, que eles enviavam suas estimas, o pintor respondeu: "Diga a Sara e Gerald que estou bem, mas que agora sou milionário e estou muito sozinho". Nos anos seguintes, encontraram um bom alento na família que Honoria e o marido, William Donnelly, formaram em Washington, D.C.: dois netos, John e Sherman, e uma neta, Laura.

Gerald acompanhava de perto os novos movimentos na arte, na música e na literatura. Curiosamente, pelo fato de nunca terem se importado em ter quadros em casa, os dois nunca compraram nenhum dos trabalhos dos mestres modernistas que eram seus amigos. Em sua casa de praia em East Hampton, porém, havia um magnífico Léger, que adquiriram por meio do que Murphy considerava um pequeno milagre. Léger fizera sua primeira viagem aos Estados Unidos em 1931 como convidado dos Murphys (e se sentiu enjoado durante todo o trajeto). Os Murphys cuidaram para que ele conhecesse as pessoas certas, e essas pessoas encomendaram a ele dois quadros que, de imediato, foram doados ao Museu de Arte Moderna. Três anos depois, no *vernissage* de uma grande retrospectiva de Léger naquele museu, o artista se aproximou de Gerald e Sara e disse que havia um quadro na exposição que ele queria que fosse deles, e ele o daria de presente caso eles conseguissem adivinhar qual era. Havia mais de duzentas telas expostas, e Gerald logo ficou atônito em busca da que seria a correta. Contudo, quando ele e Sara desceram as escadas, ela apontou para a parede bem em frente aos degraus e disse: "Acho que descobri". As cores, na maioria marrons e vermelhos em tons pastel, eram diferentes de tudo o que eles conheciam de Léger. Enquanto olhavam para a tela, o pintor veio por trás deles e disse: "Vejo que vocês o encontraram". Virou o quadro e mostrou a eles o que estava escrito atrás: "*Pour Sara et Gérald*".

***

Qualquer que fosse a opinião dos Murphys sobre *Suave é a noite*, eles nunca faltaram com sua lealdade a Fitzgerald. Ficaram ao lado dele durante as vicissitudes de seus derradeiros anos e até emprestaram dinheiro para ajudar Scottie nos estudos em Vassar. Quando Fitzgerald devolveu parte da quantia, Murphy escreveu para ele em tom bem característico: "Prefiro crer que prestamos a você um serviço em vez de um tormento. Por favor, nem mesmo *pense* nisso". Fitzgerald ficou profundamente agradecido. Em 1940, escreveu de Hollywood: "Houve muitos dias nos quais o fato de você e Sara terem me ajudado [...] pareceu a mim o único gesto humano gentil em um mundo onde me senti prematuramente ultrapassado e esquecido". Poucos meses depois os Murphys compareceram ao seu enterro.

Quando a versão cinematográfica de *Suave é a noite* foi lançada, em 1962, Gerald foi assistir. Como Sara se recusou terminantemente a ir, ele foi sozinho, em uma tarde de sexta-feira, ao cinema em Nyack onde o filme estava em cartaz; ao se sentar, percebeu que não havia mais ninguém na vasta e escura plateia, com exceção de uma faxineira idosa varrendo as fileiras de trás. "Foi uma sensação lúgubre", ele disse, "e de certo modo estranhamente apropriada à irrealidade do filme, que desconsiderou todo o resto da história e focou apenas na guerra dos sexos, e ainda desprezou o encanto da época ao ridicularizar nostalgicamente o *charleston*. Resultou em algo tão longe de qualquer relação conosco, ou com a época, ou com o pobre Scott, que não fui capaz de me emocionar com o que via, senti apenas uma vaga compaixão por Jennifer Jones, que tanto se esforçou para interpretar Nicole aos dezoito anos. Saí do cinema e percebi que tinha começado a nevar, e por isso coloquei as correntes nos pneus do carro. Então, não sei por quê, ao dirigir para casa, tive uma nítida recordação de Scott em certo dia, anos e anos antes, quando devolvi a ele a prova do livro e disse o quanto tinha gostado de certos trechos – sem jamais mencionar a opinião de Sara –, ao que ele apanhou o exemplar e disse, com aquele olhar distante e engraçado que lhe era peculiar: 'Sim, tem magia. Ele tem magia'".

Boatdeck, 1923,
óleo sobre tela,
18' x 12'
(perdido).

Quinze quadros

Antes de morrer, em algum momento, vou fazer um quadro que será conectado ao universo. Sinto isso agora e posso ir trabalhando com calma.

Gerald Murphy

Os quadros que Gerald Murphy conseguiu completar em seus oito anos como artista praticante, de 1922 a 1929, eram de uma autenticidade a toda prova: pertinentes em sua época e igualmente pertinentes até hoje. A resposta à americana que Murphy deu ao trabalho de Picasso, Léger e de outros modernistas da Escola de Paris levou a um estilo que se situava entre o realismo e o abstracionismo, e a uma coleção de imagens que fazia uso de objetos cotidianos apresentados na forma ousada e nas enormes dimensões dos cartazes de publicidade. O surgimento de um estilo e de temas similares na obra de vários artistas *pop* americanos na década de 1960 foi um fator importante para a redescoberta dos quadros de Murphy – que pareciam interessantes precursores da *pop art*.

O evento que levou a essa redescoberta foi uma exposição chamada *American Genius in Review, n.º 1* [Mostra do Talento Americano, n.º 1], que aconteceu no Museu de Arte Contemporânea de Dallas, em 1960. Douglas MacAgy, o atento e empreendedor diretor do museu, tinha visto uma reprodução de Murphy e uma breve menção à obra dele em um livro chamado *Modern Art U.S.A.* [Arte moderna americana], em tradução livre), de Rudi Blesh. Enviou então uma carta a Murphy, que já havia se aposentado da Mark Cross e estava morando em Snedens Landing, pedindo autorização para expor todas as telas que ainda estivessem disponíveis. Surpreso, um tanto incrédulo, mas inegavelmente satisfeito, Murphy concordou. A amargura que ele manifestara quando abandonou a arte, em 1929, na época em que a doença de Patrick foi diagnosticada – "aquela coisa mórbida e entorpecida que começou com ele desistindo de pintar e se recusando até a tocar no assunto", como descreveu Dorothy Parker certa vez –, tinha gradualmente se amenizado ao longo dos anos, e Murphy fez o possível para fornecer a MacAgy todas as informações que tinha a respeito dos quadros remanescentes. No entanto, depois de três décadas, as lembranças de Murphy tinham se esvaecido, e muitas daquelas informações estavam equivocadas. *Razor*, que ele tinha identificado como seu primeiro trabalho, era na verdade o quarto; ele se confundia com as datas das exposições e já não sabia quais quadros estavam desaparecidos ou perdidos – e era quase a metade deles, como se comprovou depois. Em consequência disso, o catálogo feito por MacAgy listou sua obra completa com oito telas. Apenas cinco estavam disponíveis para a exibição em Dallas: *Razor*, *Watch* [Relógio], *Doves* [Pombas], *Cocktail* [Coquetel] e *Wasp and Pear* [Vespa e pera]. Quatro estavam na casa de Snedens Landing (duas emolduradas e penduradas no quarto de hóspedes e outras duas enroladas e guardadas no sótão); a quinta tela, *Wasp and Pear*, pertencia a Archibald MacLeish. MacAgy as expôs na primavera de 1960, junto com os trabalhos de outros quatro americanos também meio esquecidos: Tom Benrimo, John Covert, Morgan Russell e Morton L. Schamberg. Aquela mostra foi a primeira exibição pública do trabalho de Murphy nos Estados Unidos e a primeira exposição do artista desde 1929, quando a Galeria Georges Bernheim, em Paris, promoveu uma mostra individual.

Meticulosamente compostas e em cores mais sutis do que as telas de Stuart Davis, um artista da época cujo trabalho tinha alguma semelhança com o de Murphy, as pinturas não tinham perdido nada de seu vigor original. A exposição em Dallas e o subsequente artigo que MacAgy publicou na revista *Art in America* dispararam tênues repercussões. Quando Alfred H. Barr Jr. conheceu Murphy em 1964, expressou interesse pelo trabalho. "Considero esteticamente valioso", disse. "Gostaria de expor em nosso museu, e lamento profundamente não ter tomado conhecimento dele antes." (A reação de Murphy, expressa em uma carta a um amigo, foi "*J'étais confus!*", ou "Fiquei confuso".) Pouco depois, o Museu de Arte Moderna de Nova York adquiriu *Wasp and Pear*, doado por Archibald MacLeish. Ciente de que Murphy estava morrendo de câncer, MacLeish telefonou para o diretor do museu, René d'Harnoncourt, dizendo que apenas faria a doação se ela fosse aceita rapidamente, de modo que Gerald ficasse sabendo de imediato. D'Harnoncourt agiu prontamente. Quando Murphy morreu naquele outono de 1964, sua tela *Wasp and Pear* estava exposta no museu ao lado de quadros de Léger e Picasso.

Dez anos depois, o Museu de Arte Moderna veio retificar os registros históricos com uma retrospectiva intitulada *Os quadros de Gerald Murphy*. Àquela altura, outro quadro, *Library* [Biblioteca], tinha aparecido (estava guardado em outra parte do sótão de Murphy), e William Rubin e Carolyn Lanchner, que tinham feito uma abrangente pesquisa em Paris e organizaram a mostra, puderam corrigir a cronologia antes divulgada por MacAgy e apresentar fotografias e evidências documentais provando a existência de diversos outros trabalhos de Murphy. As coisas permaneceram assim até 1985, quando *Villa America*, pequeno quadro que Murphy tinha pintado para decorar a coluna do portão de entrada de sua casa em Antibes, veio à tona, inesperada e milagrosamente. Aquilo elevou o total para quinze quadros, dos quais apenas sete restaram, além de uma pequena natureza morta em guache retratando flores. É certo que não foi uma vasta produção, mas trata-se de um trabalho que vem se tornando cada vez mais significativo na história da arte do século XX.

* * *

Ainda que Natalia Goncharova, professora de Murphy, se recusasse a deixá-lo pintar qualquer coisa que guardasse a mínima semelhança com algum objeto ou forma real, quando ele começou a pintar por conta própria passou a usar imagens identificáveis. "Os objetos reais que eu admirava tinham se tornado para mim abstrações, ou objetos em um mundo de abstração", ele disse para MacAgy. "Minha intenção era, de alguma forma, assimilá-los juntamente a formas puramente abstratas e reapresentá-los." O primeiro quadro de Murphy, feito logo depois que interrompeu as aulas com Goncharova, na primavera de 1922, foi provavelmente *Engine Room* [Sala de máquinas]; (o título em francês era *Pression*). Aquela representação algo artificializada de um maquinário pesado, inspirada por uma visita que ele tinha feito à casa de máquinas de um transatlântico, somente se fez conhecer por meio de uma fotografia e de um registro no catálogo da exposição de 1923 no Salon des Indépendants, em Paris. Murphy apresentou uma representação ainda mais abstrata de maquinário, chamada *Turbines* [Turbinas], para aquela mesma mostra, além de um guache (chamado *Taxi*) e um desenho a lápis (*Crystals*). Os quatro trabalhos sumiram sem deixar rastro. Na verdade, até 1974, quando um curador do Museu Hirshhorn descobriu uma foto de *Turbines* ilustrando um artigo sobre o Salão em uma revista de 1923, pensava-se que aquele quadro e *Engine Room* fossem o mesmo.

***

Há uma incrível segurança e mais que um toque de ousadia no terceiro quadro de Murphy, *Boatdeck*, de mais de cinco metros de altura. Foi esse quadro que Paul Signac tentou deixar de fora do Salon des Indépendants de 1924. Com suas colossais chaminés e tubos de ventilação pintados em um estilo chapado e assertivo, *Boatdeck* tinha muitas afinidades com as pinturas preciosistas dos também americanos Charles Demuth e Charles Sheeler, mas suas dimensões sugeriam algo além: uma intenção consciente de desafiar e até mesmo zombar dos árbitros do modernismo de vanguarda. O enorme quadro provocou uma celeuma, como visto, e, no dia da abertura da exposição, o *Herald* de Paris noticiou que "ele mal podia ser visto, tamanha era a multidão ao seu redor". Devido às dimensões da tela, Murphy a enrolou após aquela primeira e única exposição no Salon des Indépendants de 1924 e a guardou na respeitada companhia de suprimentos de arte de René Lefebvre-Foinet, em Paris. Presume-se que tenha ficado lá por muitos anos, mas, quando Murphy e outras pessoas tentaram recuperá-la, após a Segunda Guerra, ela não foi encontrada, e não havia nenhum registro da tela na companhia. Com o tempo, dissipou-se qualquer esperança de que ela pudesse reaparecer.

> *Quadro: lâmina de barbear, caneta tinteiro, etc.*
> *em grandes dimensões* nature morte *grande caixa de fósforos.*
> – Gerald Murphy, caderno de anotações

Há certa ironia na escolha do tema de *Razor*, o mais antigo quadro remanescente de Murphy, pintado em 1924. Em 1915, enquanto Murphy ainda estava trabalhando na Mark Cross, seu pai o encarregou de criar uma lâmina de barbear que fosse barata. A empresa estava prestes a patentear seus resultados quando King C. Gillette apresentou outro produto quase idêntico, que conquistou rapidamente o mercado. A lâmina de Gillette, estendida sobre um cenário cheio de caixas de fósforos e cruzada com uma caneta-tinteiro Parker inclinada, tornou-se um recurso de heráldica na composição concisa e estrepitosa de Murphy – seu quadro mais avançado até então, e o primeiro a mostrar uma influência cubista, com objetos vistos simultaneamente de ângulos diferentes. O cubismo permeava "até o ar que se respirava" naquela época, como lembrou Murphy. "Olhar um jornal sobre a mesa de um café era ver um Picasso ou um Braque."

O artista de quem Murphy se sentia mais próximo, entretanto, era Fernand Léger. Adorava visitar seu estúdio e também vagar com ele por Paris. "Léger sempre falava sobre o mundo visual, enxergava e comentava tudo e fazia você reparar nas coisas também", lembrou Murphy. "Um dia, ele veio almoçar no nosso apartamento no Quai des Grands-Augustins. Sara tinha posto uma rosa em um vaso comprido na prateleira, tendo ao fundo uma parede branca. Ele apontou para a rosa e exclamou: '*La valeur de ça!*' ['Quanto valor isso tem!']. Depois disso, começou a usar rosas em seus quadros. Ele também dizia que a pintura é pirataria, e que ele estava sempre se apropriando de ideias de outros artistas."

"Uma vez, ele me levou aos pátios ferroviários que ficavam atrás da Estação St. Lazare. O chefe de estação o conhecia e o deixou entrar nos pátios, onde havia quilômetros e quilômetros de trilhos indo em todas as direções. Ele queria me mostrar as placas usadas pelos operadores ferroviários. Era fascinado por elas, pelos desenhos, formas, cores e contrastes daquelas placas. 'Nada pode ser mais poderoso do que isso', ele dizia. 'Esses sinais precisam ser vistos e identificados de imediato.' Léger era muito atento a tudo o que fosse visual, muito determinado a usar os mais fortes símbolos visuais em seus quadros. Pensava que um quadro deveria ser um objeto por si mesmo, com a mesma força e presença que tinha qualquer objeto natural ou fabricado. Nunca houve uma declaração melhor que a dele a respeito da arte abstrata: 'Não se faz um prego com um prego, mas sim com ferro'."

Murphy não tinha nenhuma vontade de pintar como os artistas parisienses que eram seus amigos, e seu trabalho, ainda que deixasse entrever a influência de Léger, não era derivativo. Como ele escreveu para MacAgy, "Sinto que fui mais influenciado por aquilo em que os bons pintores modernistas acreditavam do que pelo que eles pintaram".

***

Morar em Paris e Antibes e participar ativamente do movimento modernista "foi, de certa maneira, uma experiência americana" para Murphy, e seus quadros deixam transparecer isso. Seu estilo distintamente americano está muito bem representado em *Villa America*, a pequena pintura que ele fez em 1924 ou 1925 para servir de placa da nova casa da família em Antibes e que colocou, coberta com vidro, na coluna do portão de entrada. As cinco estrelas são uma referência ao casal e seus três filhos. As listras vermelhas e brancas podem até remeter à bandeira dos Estados Unidos, mas o azul do fundo é o azul do Mediterrâneo, e a grande estrela incompleta, pintada com folha de ouro – seja lá o que tenha significado para Murphy –, só poderia mesmo nos remeter à tão curta era de ouro de sua privilegiada família. Quando Gerald finalmente vendeu a casa em 1951, não levou com ele a placa. O novo proprietário a substituiu por outra onde estava escrito "Villa Fiamma", mas depois ele também se mudou e a casa teve vários outros moradores. Em 1985, Honoria, filha dos Murphys, e o marido dela, William Donnelly, em uma viagem à Europa, visitaram a casa que ela tanto amava quando criança e que agora se encontrava tristemente em ruínas. Lá, foram recebidos pela viúva e pelo filho de Joseph Revello, que fora caseiro da *villa* no tempo em que os Murphys eram os donos e que permanecera lá depois que eles se foram, morando na casinha que Gerald usara como ateliê de pintura. Os Revellos ofereceram vinho e biscoitos, e então Gerald Revello (batizado em homenagem a Gerald Murphy), o filho, foi a outro cômodo e voltou trazendo para Honoria "algo que pertenceu ao seu pai". Era a placa *Villa America* embrulhada em muitas camadas de tecido macio. Joseph Revello a tinha guardado em uma gaveta de cômoda por mais de trinta anos, à espera do dia em que os Murphys voltariam para buscá-la.

Sempre me impressiono com o mistério e a complexidade do interior de um relógio. Pela multiplicidade, variedade e sensação de movimento, e pela tentativa do homem de compreender a perpetuidade.
– Gerald Murphy, caderno de anotações

A década de 1920 acolheu de braços abertos o mito da máquina. Desdenhando do viés estético do século XIX contrário à industrialização, o líder futurista Marinetti proclamou, em 1909, que um automóvel em alta velocidade era "mais bonito do que a escultura Vitória de Samotrácia", e Léger depois disso jurou que ia expor "um parafuso mais bonito que uma rosa". Pelo menos quatro dos quadros de Murphy mostravam maquinário: *Engine Room*, *Turbines*, *Ball Bearings* [Rolamentos de esferas] (outro quadro perdido) e *Watch*, uma tela de 2 m x 2 m mostrando o interior de um relógio de bolso, exibida no Salon des Indépendants de 1925. *Watch* é o exemplo mais extremo da tendência de Murphy, como ele próprio descreveu, de "enxergar detalhes mínimos, mas em escala gigante". Mais ambicioso e de cores mais refinadas do que *Razor* – o quadro tem pelo menos catorze diferentes tons de cinza –, *Watch* impressionou muito alguns artistas, inclusive Marcel Duchamp, cuja obra mais importante mostrava o ato sexual como um processo mecânico. O crítico de arte Florent Fels escreveu que Murphy, "poeta e pintor", tinha provado que um relógio era "tão utilizável plasticamente quanto... as maçãs de Cézanne". Quando *Watch* e *Razor* participaram da exposição *L'Art d'Aujourd'hui*, em dezembro daquele ano, Picasso enviou um cartão elogioso a Murphy, que ficou imensamente agradecido. "Parece que foi de coração", Murphy escreveu ao amigo Philip Barry, dramaturgo, "porque disse que gostou muito dos meus quadros, que eles são simples, diretos e que pareceram a ele bem '*amurikin*' [americanos] – certamente não europeus". Aparentemente, Léger era da mesma opinião. Gerald

Murphy, segundo ele disse, "era o único pintor *realmente americano* em Paris".

A questão das dimensões interessava a Murphy da mesma maneira que depois interessaria a Roy Lichtenstein, Claes Oldenburg e outros artistas *pop*. No caderno de anotações que Murphy costumava usar para rascunhar ideias para seus quadros, há a seguinte observação:

> Cena do interior de uma casa com todas as cadeiras e demais móveis em proporção gigante (ou heroica). Pessoas em escala diminuta batalhando para escalar grandes cadeiras a fim de conversar umas com as outras; suportando o peso de um lápis imenso para escrever em papéis de metros quadrados: a luta bem-intencionada do homem contra o mundo material gigantesco; ou a escravidão inconsciente do homem em relação a seus bens materiais.

Uma diferença entre a obra de Murphy e a *pop art* pode ser vista na forma como os artistas posteriores vieram a encarar o mundo material. Quando chegou a década de 1960, a tal luta já não parecia tão bem-intencionada, nem a escravidão tão inconsciente.

Watch é o único de seus quadros que Murphy aceitou vender. Archibald MacLeish o comprou do próprio autor e ficou com ele até meados dos anos 1930, quando o trocou por *Wasp and Pear*, menor e mais fácil de manusear. MacLeish soube reconhecer cedo que Gerald era um artista sério e talentoso – possibilidade que jamais parece ter passado pela cabeça de Scott Fitzgerald.

* * *

Cruzando o Mediterrâneo em seu veleiro *Honoria*, os Murphys atracaram em uma baía de Gênova no fim de uma tarde de verão. Desceram à terra para comprar mantimentos. Em uma pequena *piazza* de frente para o mar, assim que o sol se pôs, Murphy viu uma velha capela com pombas brancas pousadas nas colunas e traves. "Fiquei impressionado com aquela relação entre os elementos e tomei nota." O resultado foi a tela *Doves*, pintada nos tons suaves de azul e cinza dos antigos afrescos de Pompeia. Muito embora os diversos elementos arquitetônicos estejam fragmentados e rearranjados em estilo cubista, o quadro de 1925 tem um caráter fantasmagórico e onírico que era novo na obra de Murphy. Só foi exibido publicamente em 1960, na mostra que MacAgy fez no Museu de Arte Contemporânea de Dallas.

Quase nada se sabe sobre as duas telas seguintes: *Laboratory* [Laboratório], cujo registro constava do catálogo do Salon des Indépendants de 1926, e *Ball Bearings*, jamais exibida, e inspirada em um anúncio da fábrica sueca de rolamentos S.K.F. que Murphy viu em uma vitrine da Champs-Elysées. Murphy não soube dar qualquer informação a respeito de como ou quando esses quadros desapareceram. Seu caderno traz a seguinte anotação sobre *Laboratory*:

> Quadro: conjunto de retortas químicas – diáfanas, *linha branca, formas em perfil*, cores suaves, formas certamente delicadas, espectrais...

Não há anotações sobre *Ball Bearings*. Sabe-se, entretanto, que, depois de ver o anúncio da S.K.F. na vitrine, Murphy entrou na loja e comprou o maior rolamento disponível (de 45 cm de diâmetro) e o montou como uma escultura giratória que ficava em cima do piano no apartamento do Quai des Grands-Augustins.

* * *

Elementos arquitetônicos predominam em *Library*, um quadro bastante grande baseado nas lembranças de Murphy dos objetos do escritório do pai: livros encadernados em couro, um globo terrestre, um busto de Ralph Waldo Emerson, uma lupa – todos submetidos à fragmentação e ao rearranjo da construção cubista. Essa tela ficou anos enrolada no sótão dos Murphys. Gerald deve tê-la considerado inacabada ou fracassada; jamais a mencionou para Douglas MacAgy. *Library* foi redescoberta após a morte de Murphy e exposta pela primeira vez em 1974, na retrospectiva do Museu de Arte Moderna de Nova York.

* * *

Cocktail, outra tela baseada em recordações, submete a uma reorganização cubista os objetos do bar de seu pai. A rígida geometria desse quadro parece conflitar com a ideia geral da hora de um coquetel, mas pode ser que as coisas funcionassem assim mesmo na casa de Patrick Francis Murphy. O próprio Gerald herdou muito do espírito puritano do pai. Artesão infinitamente caprichoso, que nunca transmitia uma ideia para a tela sem antes desenvolvê-la em inúmeros esboços e maquetes (que ele não guardou), Gerald às vezes pensava que seu ritmo lento de trabalho apontava para um problema básico na sua abordagem. Levou quatro meses para pintar a imagem no interior da caixa de charutos em *Cocktail* – uma cópia perfeita de uma imagem impressa em uma caixa de charutos. (Um artista *pop* teria feito isso em minutos usando a serigrafia.) Léger o tranquilizou: "Os pintores holandeses e flamengos podem ter prestado um desserviço às artes visuais ao inventarem o uso do óleo na pintura", ele disse. "Até então, os diversos meios de expressão – esculpir em pedra e em madeira, fazer mosaicos e afrescos – eram difíceis, rígidos e definitivos. O artista jamais podia fazer um gesto com indiferença. Não se atrevia a cometer um erro. Não havia tela que ele pudesse raspar e apenas começar de novo."

Quando os Murphys venderam sua casa em Snedens Landing, Gerald levou *Cocktail* para Washington, D.C., e deixou o quadro exposto na casa de Ellen Barry, viúva de Philip Barry, em Georgetown, o que causou uma dolorosa desavença depois da morte de Gerald. Honoria Donnelly se lembrava claramente de que o pai tinha deixado o quadro lá apenas como empréstimo. Depois da mostra da obra de Gerald em 1974 no Museu de Arte Moderna, entretanto, quando Honoria pediu a tela de volta, Ellen Barry insistiu que Gerald a tinha dado de presente. A briga, que durou mais de duas décadas, estava prestes a ir para a justiça em 1986, quando foi resolvida por um acordo extrajudicial, sob o qual se permitia que Ellen Barry ficasse com o quadro até sua morte, e depois ele seria vendido e o dinheiro dividido entre os herdeiros das duas famílias. Ellen morreu em 1995, e *Cocktail*, graças à generosidade de dois ricos doadores, hoje se encontra no acervo permanente do Museu Whitney de Arte Americana.

Você tinha me perguntado o que eu pensava nos tempos de outrora. Eis algumas anotações: a sensação de uma experiência estilhaçada em pequenos fragmentos, sem linha, forma ou cor – e totalmente desprovida de grandeeeezzza. Íntima, mas não pessoal. Concreta, mas não essencialmente real.
– Gerald Murphy, em carta ao autor, 1963

O único autorretrato de Murphy foi descrito por William Rubin como "uma das imagens mais impessoais e de maior distanciamento que um artista já fez de si mesmo". Intitulado *Portrait* [Retrato], inclui um traçado de contorno do pé de Murphy e uma pegada impressa em tinta; três impressões digitais de seu polegar copiadas de impressões reais (Murphy as fez no quadro com um pincel de pelo de camelo do qual arrancou as cerdas, deixando apenas uma); representações ampliadas de um olho genérico e de lábios igualmente genéricos; uma régua de 30 cm pintada em escala real; e uma cópia pintada da "composição de um perfil facial padrão de um homem caucasiano retirada dos arquivos da Bibliothèque Nationale". Murphy deu esse quadro ao seu amigo Vladimir Orloff, projetista da *Weatherbird*. Quando procurei Orloff na década de 1960 e perguntei a respeito, ele disse que o quadro tinha sido destruído durante a Segunda Guerra Mundial, quando as tropas americanas desembarcaram e arrasaram o casebre onde ele morava em Pampelonne, perto de Saint-Tropez.

Figura: vespa (colossal) sobre uma pera (marcas na casca, folha,
veios, etc.) (segurando a fruta, agarrando-se...)
– Gerald Murphy, caderno de anotações

Em uma das cartas que mandou para Sara antes de se casarem, Murphy comentou sobre o fascínio que tinha por insetos alados. "Quem sabe", ele brincou, "algum infeliz inseto que eu consiga salvar do opressor salto do seu sapato possa te dar inspiração para a cor de uma echarpe ou de um vestido! Alguma vez você já viu o forro das asas de um besouro-da-batata?". No quadro *Wasp and Pear*, Murphy combinou o preciso detalhe naturalista com uma padronagem criativa para fazer aquele que ele considerava "talvez o melhor" de seus quadros. Em carta a MacAgy, disse que o quadro indicava "a direção que minha pintura estava tomando quando fui obrigado a parar. Sinto que ele tem o equilíbrio entre realismo e abstração no qual ainda acredito". Há dúvida sobre quando o quadro foi pintado. Alguns especialistas dizem que foi em 1927, mas Rubin argumenta de maneira convincente que teria sido em 1929, e a afirmação de Murphy na carta para MacAgy parece confirmar que aquela tinha sido mesmo sua última obra. Murphy certa vez disse que, quando estava pintando *Watch*, em 1924, e depois, quando terminou *Wasp and Pear*, ficou atordoado pelo pensamento de que aqueles dois quadros pudessem expressar um anseio por um classicismo nativo, "tal como os gregos devem ter desejado [...] e ao qual Emerson se referiu quando escreveu: 'E nós [americanos] haveremos de ser clássicos até *em relação a nós mesmos*'". A representação de detalhes naturais tão particulares com absoluto rigor e como se vistos pela primeira vez, como o naturalista Audubon os viu – para Murphy, aquele parecia ser um valor americano.

Por que Murphy parou de pintar? Quando fiz essa pergunta a ele, poucos anos antes de sua morte, ele respondeu que tinha chegado à conclusão de que sua obra não era de primeira qualidade, e que "o mundo está cheio de pinturas de segunda". Acredito que ele ficou verdadeiramente surpreso quando, após a exposição de MacAgy, pessoas como Alfred Barr e René d'Harnoncourt demonstraram real interesse por seu trabalho. "Fui descoberto", ele anunciou, com uma careta irônica. "O que se deve vestir em tal situação?" Mas também acredito que, àquela altura, ele estava redescobrindo os próprios sentimentos com relação à pintura, sentimentos que havia enterrado tantos anos antes. "Antes de morrer, em algum momento, vou fazer um quadro que será conectado ao universo", escreveu para Ernest Hemingway em 1927. "Sinto isso agora e posso ir trabalhando com calma." Os próprios quadros, além do mais, são testemunhos de um compromisso que ia se aprofundando – um compromisso que, por motivos pessoais, ele foi incapaz de manter.

Gerald Murphy gostava de citar uma frase de Léger: "Ou uma vida confortável e um mau trabalho, ou uma vida ruim e um belo trabalho". Viver bem, no entanto, não foi uma vingança à altura do que ele tinha perdido, tanto na vida quanto no trabalho. Gerald certa vez disse que só foi feliz depois de começar a pintar, e que nunca mais se sentiu feliz por completo após ser forçado a parar.

Créditos das imagens

Capa e páginas 16, 40, 64 e 92:

© MURPHY, Est. Gerald/AUTVIS, Brasil, 2017

Documentos de Sara e Gerald Murphy. Coleção Yale de Literatura Americana. Biblioteca Beinecke de Manuscritos e Livros Raros.

Página 104:

© MURPHY, Est. Gerald/AUTVIS, Brasil, 2017

© 2017. Digital image, The Museum of Modern Art, New York/Scala, Florence.

Este livro foi composto com tipografia Bembo e impresso
em papel Off-White 90 g/m² na gráfica Paulinelli.